Una mujer desnuda

Lola Beccaria

Una mujer desnuda

EDITORIAL ANAGRAMA

BARCELONA

Diseño de la colección: Julio Vivas y Estudio A
Ilustración: foto © Herb Ritts

Primera edición en «Narrativas hispánicas»: mayo 2004
Primera edición en «Compactos»: marzo 2013

ISBN: 978-84-339-7714-4
Depósito Legal: B. 1260-2013

Printed in Spain

Liberdúplex, S. L. U., ctra. BV 2249, km 7,4 - Polígono Torrentfondo
08791 Sant Llorenç d'Hortons

Coge a un puritano, sedúcelo, y su agradecimiento será infinito una vez convertido a la alegre causa de los desinhibidos. El mayor entusiasta, el más imaginativo. Solo necesita una oportunidad para florecer.

IRENE HAYES FENDON,
Morality & Sweets, 1823

Un corazón es tal vez algo sucio. Pertenece a las tablas de anatomía y al mostrador del carnicero. Yo prefiero tu cuerpo.

MARGUERITE YOURCENAR, *Fuegos,* 1936

INTRODUCIR

Esta noche me siento excitada. No en el sentido que se da a la palabra excitación normalmente. No. No estoy excitada desde un punto de vista sexual. En realidad siento una energía que si no saco fuera se me va a pudrir por dentro. ¡Cuántas veces me he sentido así y no he sabido qué hacer con lo que se me cocía en el interior, volviéndome entonces, según las circunstancias, un perro rabioso o una frígida cariátide! Es curioso el tópico de que cuando una mujer reacciona desabridamente o de manera seca ante los demás eso significa que «está mal follada». Aunque es un comentario por lo común masculino, yo solía identificarme con esa opinión. Me parecía fundamental estar bien follada, y no me paraba a indagar acerca de otros motivos que pudiesen generar tanta acritud o malhumor como la falta de una vida sexual en condiciones. Ya no pienso así. Hay muchos tipos de energía, y por cada una de ellas, un tipo de frustración diferente, en el caso de que no la saquemos fuera, de que no la empleemos en aquello para lo que ha surgido dentro de nosotros.

Pues bien, esta noche mi energía surge de una necesidad imperiosa de contar mi historia tal como es y no como algunos buitres carroñeros la van a diseccionar mañana en el quirófano de la prensa amarilla. O quizá sería mejor decir que quiero contar mi historia, no tal como es, sino tal como yo la veo, como la siento, como la he vivido. Porque es evidente que una parte de aquellos que se acerquen a estas páginas, tras su lectura, no variarán su modo de enjuiciar los hechos. Es más, puede que entonces me sentencien con mayor rigor, encontrando en mi relato cientos de argumentos de peso para lapidarme a placer. Lo cierto es que las cosas no son si no es a través de la mirada de alguien. Y a veces resulta que a la hora de definirnos vale más la opinión ajena que el sentimiento propio, incluso para nosotros mismos. Acabamos concluyendo que si las personas que consideramos importantes opinan así, nuestra intuición estará errada.

Por tanto, aunque yo exprese a continuación lo que he sentido a lo largo de mi vida, y lo que siento ahora mismo, sé que tendré que enfrentarme a que cada uno de vosotros juzgue mi proceder.

Emitir juicios de valor es sencillo, mucho más que no hacerlo. Cómo no practicar ese deporte cuando llevamos a rastras, cosido a nuestras carnes, un saco de prejuicios con que viajamos a todos lados. En realidad ni nos pertenecen ni venimos con ellos de fábrica. Nos los hemos ido comiendo sin sentir, día tras día desde la infancia. Cuestión de mera supervivencia infantil fue tragarse ese indigesto menú entonces; pero en nuestras manos adultas está buscar otros manjares que sí nos lleguen genuinamente al corazón del gusto. Porque, en cualquier caso, lo cierto es que nuestros prejuicios, por más que los usemos para intentar poner etiquetas al comportamiento de los demás, no hacen sino gritar a los cuatro vientos quiénes somos, o más bien, quiénes hemos dejado que nos hagan ser.

De todas formas, solo me interesan los prejuicios en la medida en que pueden hacernos tristemente infelices. Quizá esa es la materia de esta historia. Una moral estrecha y pacata es el cinturón de castidad de nuestro placer, y hay gente que no se lo desabrocha en la vida, en buena parte porque el aparato no viene con manual de instrucciones. Estoy por asegurar que si supiéramos la combinación del candado, los vertederos y desguaces estarían ahora mismo al completo, abarrotados de tan inadecuadas prendas. Pero el día en que nos las pusieron, arrojaron la bendita cifra de su apertura al pozo de los deseos, y nos dejaron inexorablemente ataviados con las bragas de nuestro castigo. Y a cambio de nuestra felicidad, como premio de consolación, solo nos queda juzgar, señalar con el dedo, acusar, escandalizarnos, crucificar al prójimo, practicando la censura como sucedáneo de la vida.

Por eso desde aquí busco conectar con esa zona oculta que todos llevamos dentro, el jardín más bello, el auténtico. Hacer una fisura en la coraza de vuestros corazones y colarme por ella. Invadir esa parte prohibida, olvidada, tapiada, censurada. Traspasar vuestras barreras y haceros mella en la piel.

No pretendo afirmar que estáis mal follados. Pero tal vez sí. Lo estáis. Lo estamos todos. Mal follados y peor seducidos. Si por follar entendemos el acto sexual, es posible que muchos de vosotros pudierais protestar. Yo no sé lo que ocurre en cada cama o en cada asiento trasero de todos los coches del mundo, o debajo de cada puente al orgasmo, es cierto; desconozco los detalles concretos de la vida sexual de cada uno, pero sé de mi experiencia, y mi experiencia no es única. No estamos mal follados solo de cintura para abajo, estamos mal follados de cuerpo entero, porque el deseo humano no es solo sexual, y el deseo no sexual que no se satisface puede producir la misma cara agria que la falta de un buen polvo. En ese sentido nos hace falta un buen meneo a todos, no hay duda.

Tengo muy poco tiempo. Tan solo esta noche para escribir unas breves memorias, mi historia. Porque mañana se sabrá que Martina Iranco, ministra del Interior de este país, ha cometido el que para muchos parece ser el más horrendo crimen. Mañana a primera hora los quioscos gritarán a voz en cuello que Martina Iranco es una mujer en extremo viciosa, una zorra de tomo y lomo, una guarra sin paliativos.

Pero estas páginas no van a ser el vertido de una experiencia tóxica. No se trata de un arrebato visceral, parejo al sentimiento de extremo peligro de un animal acorralado. No. Esta historia tiene un argumento que sirve de carcasa a mi vida entera. Una vida sentida desde siempre como un magma informe y sin estructura, dominado por la confusión y los torbellinos pasionales. Una vida que no era más que esquirlas de vida en medio de un paisaje desenfocado que me impedía ver los andamios sobre los que en realidad he ido construyendo, a ciegas, mi frágil biografía. Porque ante determinadas vivencias lo único posible es no ver, cegarse y continuar a tientas. Y puesta en la tesitura de afrontar un pasado ingrato que diera sentido a mis actos posteriores, lo menos dificultoso —en apariencia— era escoger la mentira, ese mundo inventado que me he ceñido al cuello como una capa de engañosas estrellas. Y lo peor no es eso. Lo peor no es cubrirse las heridas con seda salvaje, con ropa de diseño, con complementos de firma, lo peor es que por debajo de esas vestiduras divinas he tenido que oler siempre los harapos de mi bombardeado mundo, la inmunda peste de esos muñones mal curados de mi infancia. Por eso no compensa. No me ha compensado nunca la ceguera, ahora lo sé, aunque he tardado en entenderlo. El precio que he pagado es un plazo de tiempo. Largo y doloroso. Un tiempo en el que he estado vendida, presa sin dueño, destinada al reino de las marionetas, ese lugar donde si te sueltas de algún hilo para estirar las piernas o pierdes el paso o te sales del guión, has de devolver el dinero pagado por la entrada y regresar al exilio de una vida sin argumento. Un tiempo en el que cuanto más obediente y entregada a las exigencias de mi carrera me ofrecía, más buscaba mi descontrolado enigma interior su salida por la puerta trasera, haciendo de mis apetitos menos civilizados la válvula de escape para poder soportar la presión de mi máscara de niña buena y correcta.

He traicionado mi vida pública en el justo momento en que se me ha caído el disfraz y se ha venido abajo el decorado, dejando ver el vacío de mi vida en un escenario tan meticulosamente artístico como estéril. Pero en mitad de ese vacío, una pequeña puerta, confundida entre los cortinajes, me ha permitido entrar en otro reino, el de mi propia verdad descarnada. He sido una mujer que solo buscaba ser fiel a su propia representación de objeto sexual perfecto, a cambio de amor y aprobación sinceros, que sin embargo no he recibido, precisamente por desconocer la auténtica forma de conseguirlo.

Que nadie espere fascinadores paisajes y lujosas mansiones, o por el contrario, la presentación de los ambientes más sórdidos. Mi intención no es deslumbrar. No estoy pidiendo el voto para mi causa ni haciendo campaña de mis actos. Mi deseo es aprovechar que cuento con el poder de ser escuchada, para hacer algo a lo que nunca, como política, me he atrevido. No solo desnudarme ante vosotros, y daros con ello oportunidad de ver las costuras de mi piel, no solo contar mi vida íntima por echar leña al fuego de vuestras fantasías, sino considerar la cercanía, la desnudez de todos. Mi secreta esperanza es que me acompañéis en esta aventura. Y que al terminar de leer estas páginas apetezcáis quitaros la ropa conmigo.

La desnudez da miedo. A mí me lo da. Ahora mismo, cuando creía estar preparada para desprenderme del ropaje que me impide mostrarme como soy, tiemblo y quiero echarme atrás. Pero si el resultado es el silencio, asumido por precaución o cobardía, yo ahora escojo las palabras. A estas alturas, las «buenas intenciones» no me sirven. Son para mí lo más parecido a una mordaza. No me dejan espacio para ahondar en mi verdadera esencia, y dentro de ella, justamente en esa parte que tiene impresa la etiqueta de tabú.

Me siento osada y a la vez torpe. Sé que voy a poner a prueba vuestra capacidad para asimilar palabras fuertes, situaciones muy recias, pero también intuyo que tenéis más capacidad de la que, limitada por mis propios prejuicios, os atribuyo para afrontar la estridencia de la vida íntima de una persona. Por cada nota aguda que os acuchille el oído, alguna otra sensación o sentimiento vendrán a vuestro cuerpo, y junto a la desazón o repugnancia instintiva tal vez halléis emociones ignotas.

Una mujer desnuda es fácil de herir o de humillar. Y sin embargo no es fácil acercarse a ella, de primeras, aunque uno quiera voluntariamente compartir su desnudez. Tenemos tiempo, toda una noche, para ver lo que va emergiendo de nuestros corazones –la misma incógnita sobrecoge al mío– hacia la claridad del día.

LA PRISA Y LA ORINA

Cuando era pequeña, una de las cosas que más me llamaban la atención, que más nítidamente percibía, era la impaciencia de mis padres. Lo querían todo ya, rápido y bien. Había muy poco tiempo para hacer las cosas. Si no ocurría así se irritaban. Si yo no comía deprisa, un bocado detrás de otro, como el soldado que monta el arma en una acción sincronizada bajo el férreo control de un cronómetro suizo, si yo no hacía caca nada más sentarme en el orinal, a toque de corneta, si yo no me dejaba vestir sin oponer resistencia, como un pelele elástico y bien domado, entonces las manos de mis progenitores se crispaban, y me agarraban con desespero, me transmitían un inmenso desasosiego, y el mundo parecía tambalearse. De todo este montaje de la prisa me quedó claro –ya desde edad temprana– que para no irritar a mis padres debía responder a paso ligero a todas sus demandas. Porque no había nada más desolador y terrorífico que su reacción violenta cada vez que yo tardaba más de la cuenta en realizar los actos cotidianos. Me zarandeaban inmisericordemente, como si fuera una máquina que funcionara mal, probando a ver si con el meneo acababan de ajustar mis cables y se producía la conexión adecuada. Cada reacción destemplada de esta índole venía a ser para mí como meter los dedos en un enchufe, vuelto picana eléctrica de mis torturadas carnes. Y como lo que más anhelaba yo era la paz, un entorno tranquilo, sosegado, por eso me apliqué siempre en ser «la más rápida». Claro que, con tanta rapidez, nunca me daba tiempo a pensar las cosas. Las hacía. Sencillamente las hacía. Y eso es lo que he hecho siempre. Hacer, hacer, hacer, sin poder pararme a pensar, o pararme a sentir lo que yo verdaderamente quería.

Para poder ser rápida urdí una serie de sistemas. Porque no es tan fácil hacer deprisa las cosas y no fallar, sobre todo para una niña pequeña de incipientes recursos. Y algunas no eran técnicas relacionadas con el desarrollo de la aceleración de movimientos o con la mejora de los reflejos, sino un simple método de previsiones que me permitieran anticipar riesgos sobrevenidos accidentalmente. Si yo preveía los acontecimientos, podría reaccionar con más premura. Así pasaba, por ejemplo, con el desagradable trámite de tener que hacer pis. Quiero aclarar que el acto de mear yo no lo vivía como una necesidad física natural, sino como una maldición del destino, un hecho degradante que venía a perturbar la perfección de la existencia. Porque cuando sentía ganas de orinar, se producía una presión perentoria en el bajo vientre que me invadía sin yo poder evitarlo. Y cada experiencia de este estilo, esto es, cada asunto no controlable, me generaba una importante zozobra. Por otro lado, lo que no era controlable tenía que ver siempre con el cuerpo, de tal modo que empecé a aprender a desconectarme de mis necesidades físicas. Vivir de forma inmaterial era mi sueño, mi fantasía más patente, la meta que buscaba a toda costa. Y creo que lo conseguí al cien por cien, porque mi cuerpo un buen día se fue de mí. De pronto conquistar un mundo mental donde poder vivir relajadamente se convirtió en mi necesidad más ciega, mucho más importante que la de hacer pis. Y digo lo de hacer pis porque era un auténtico problema de intendencia. Cada vez que yo expresaba deseos de orinar fuera de casa, conocía de antemano la reacción de mis padres. Irritación, por supuesto, ya que había que buscar un lugar para que yo cumpliera con el estúpido ritual de bajarme las bragas y expulsar ese líquido amarillo y caliente sobre la taza de un váter desconocido. Por eso aprendí a controlar mi necesidad de mear. Antes de salir de casa yo misma pedía que me llevaran al baño. Actitud que mis padres aplaudían, y hasta presumían de mi precocidad ante las visitas: «¿Sabéis que Martina ya pide para ir al baño, y tan pequeñita?», decían con una sonrisa de satisfacción en los labios. Yo sabía que si hacía pis en casa pasarían unas horas antes de que volviera a necesitarlo, lo cual ya me daba un cierto tiempo de ventaja. Aprendí además cuál era el símbolo que en un local público se correspondía con la presencia de los aseos. Un remedo de mujer esquemático, cuatro palos y una cabeza con melena o un triángulo que representaba una falda. Y siempre me aguantaba hasta que finalmente lo veía. Sabía que si había un aseo cerca el trámite de llevarme a mear no iba a resultar tan gravoso para mis padres, y su irritación disminuiría considerablemente. Por ese motivo, lo importante para mí en la vida no era atender a la presión del líquido en mi vejiga para poder expulsarlo, sino la representación de un símbolo, una etiqueta pegada en una puerta. Empecé entonces a asumir mis prioridades. Y mis prioridades estaban claramente orientadas a centrarme en el significado que los hechos adquirían, no a los hechos en sí, de forma que los hechos se me desdibujaban, y su significado con respecto del entorno se amplificaba.

Recuerdo un día en que aun habiendo pedido para hacer pis antes de salir de casa, pasadas unas horas sentí ganas de mear. Como siempre, puse en marcha el mecanismo de esperar la llegada de ese símbolo liberador que me permitiría pedir para ir al baño sin producir grandes descalabros en los planes de mis padres. Pero, por desgracia, el tiempo de espera fue mayor que el de mis habituales previsiones, y como yo no estaba dispuesta a abrir la boca así me mataran, la vejiga se encargó de hacer su trabajo. Al sentir el líquido que resbalaba por mis piernas no pensé nada. Hubo un segundo de querer pensar, eso sí, en mi culpabilidad, pero se apoderó de mí una sensación gozosa de placer de tal calibre que me abandoné a la riada del pis en toda su plenitud. Y no solo dejé que el líquido saliera por inercia, no, yo misma puse de mi parte y empujé con todas mis fuerzas, abrí los muslos para poder dejar que saliera el pis con mayor facilidad y presioné glotonamente hacia fuera, manejando ese dispositivo natural con la extraña sensación de quien descubre un nuevo y maravilloso juguete entre las piernas. Y conforme iba resbalándome la orina, atravesando el tejido de las bragas y el de los leotardos, notaba su humedad y su calor en la piel, y al mismo tiempo seguía saliendo líquido interminablemente, y yo quería que saliera más y más todavía, para seguir sintiendo esa sensación de placer recién estrenado. De tal magnitud fue la cantidad de pis vertido que se me encharcaron los zapatos y pronto mis pies empezaron a nadar en un lago caliente. Cada vez que daba un paso era como chapotear en un charco del parque un día de lluvia. Un día de lluvia amarilla.

Por supuesto, no dije nada. No confesé mi villanía, entre otras cosas porque yo había aprendido a callar, y ese callar yo lo aplicaba a todo. Por tanto, y como mis padres no se habían percatado de mi accidente, se demoró el descubrimiento de la verdad hasta llegar a casa. Una vez allí, al ir a desnudarme, mi madre se dio cuenta, cuando me quitaba el primer zapato. El estallido fue salvaje. Tanto que perdió los nervios, me llevó de una oreja junto a mi padre y me bajó los leotardos y las bragas dejándome desnuda de cintura para abajo y mostrándole a él el resultado de mi crimen. «Mira, mira tu hija, qué guarra, se ha meado encima y no ha dicho nada», le espetó a mi padre, que inmediatamente, sin dejar pasar una décima de segundo, sin cambiar el gesto de su rostro petrificado, me largó una bofetada. «A la cama sin cenar», terminó diciendo con el mismo rictus de asco y desprecio con que acompañara el golpe. Mientras me iba a mi cuarto oí que comentaba: «Cómo habrá puesto el asiento del coche...»

Desde ese día se me quedó grabado que sentir placer al hacer pis era malo. Yo era una guarra porque me había dejado llevar por una fuerza interior que me salía del cuerpo. Y esa era la primera lección de que no debía dejarme llevar por ninguna fuerza interior, ni por esa ni por otra que me sobreviniera.

Lo que ocurre con los actos que se reprimen es que, tarde o temprano, salen de golpe cuando menos lo esperamos. Y salen de la peor manera, aumentados, desaforados, para luego hacernos sentir la más terrible de las vergüenzas, lo mismo que cuando aguantamos las ganas de hacer pis durante largo tiempo, finalmente la meada que expulsamos es una catarata inagotable, y a veces se nos escapa en mitad de la calle, ante los ojos de los viandantes.

Aparte de la prisa, no recuerdo gran cosa de mi infancia. Es como si se hubiera borrado la parte de la cinta de la vida de esos años. Siempre he pensado que mi infancia debió de ser bastante poco original, y aburrida hasta la médula, de forma que la borré de mi memoria por una cuestión de amor propio. Nunca he soportado la vulgaridad, conque, anulando la parte más mediocre de mi existencia, me libraba para siempre de su indigna presencia en mi currículum. Pero desde hace poco tiempo esa razón ya no me vale. Hay otro motivo que visita mis razonamientos actuales. Es posible que no haya tenido ni siquiera necesidad de borrarla. Tal vez es que no tuve infancia. Y lo que conservo es la secuela de un inmenso vacío. De todas formas, ese hueco sin rellenar es un abismo impenetrable del que emanan retazos de vivencias muy concretas. Y todas tienen que ver con el cuerpo; más tarde con el sexo. De hecho, si tengo que destacar las imágenes que de mi vida pasada más nítidamente guardo, son aquellas relacionadas con la sexualidad. Son las que revivo con mayor exaltación, con más alto regodeo, como si fueran mis únicos nexos con lo real, aquellas experiencias que demuestran que he vivido. Y ni mis logros en el terreno profesional, o los amores pasados, han llegado a dejar una huella tan sólida y tangible como la que el sexo me ha impreso en la piel y en la mirada.

Es curioso que alguien como yo, acostumbrada desde pequeña a eludir mis necesidades físicas en favor de las intelectuales, se aferre con semejante potencia a esas imágenes carnales que conforman el mapa de los años vividos. Esa colección de besos, caricias, orgasmos y penetraciones sobre mi piel y la de otros, ese trasiego de la carne, ese restregarme con los demás, son todos elementos de un catálogo extraño, pero tan mío como mi propio nombre o mi fecha de nacimiento. Configuran el álbum de lo que he sido. No soy sino un fragmento de pieles compartidas, de momentos de goce efímeros, de suavidad y lujuria, de abrasión pasional. Un saco de cenizas eternamente calien-

tes vestido con retales de carne magreada. Más la vergüenza, la sensación de ser inadecuada, pecaminosa, impura,
indecente, perdida, guarra, puta, viciosa.

Y si eso es lo que soy, aquí lo expongo. Mi catálogo de
desnudeces, unidas por el hilo de una historia invisible.

DAMIÁN Y EL GÜISQUI CALIENTE

En casa no se prodigaban las caricias. No recuerdo haber sido acariciada más que cuando, en presencia de visitas, yo respondía rápida y acertadamente a cualquier requerimiento de mis padres. Lo normal era que me solicitaran para hacer alguna monería delante de amigos o parientes. Habían intentado que aprendiera ballet, y lo cierto es que yo me había esmerado en complacerlos, aprovechando al máximo el curso en que me habían inscrito. Aprendí enseguida a dar esos ridículos saltitos, y a poner posturitas y caritas alegres. Me llamaban y ordenaban que me vistiera el tutú, y en un momento dado me anunciaban a los invitados, con los primeros compases del *Lago de los cisnes* sonando en el tocadiscos. Todos aplaudían cuando yo emergía por entre dos sillones de la sala, saludando cortésmente, inclinando la pierna derecha hacia atrás y abriendo los brazos en forma de asas. Luego bailaba un rato y, cuando querían que terminara, iban bajando paulatinamente el volumen de tal forma que parecía haber llegado realmente el final de la pieza. Yo conocía bien esa señal, y entonces me moría automáticamente, como desmayándome con languidez sobre la alfombra. Después me levantaba, saludaba de nuevo, impostando un rostro de dramatismo exagerado, y de golpe me ponía muy tiesa, levantando el mentón y sonriendo al tendido. Luego venían las palmaditas en la espalda, las ligeras caricias en la cabeza y las frases de rigor, ya dirigidas a los convidados. «¿Habéis visto? Martina cada día lo hace mejor. Es fascinante lo rápido que aprende, y la gracia que tiene. Es una superdotada.» En ese instante dejaban de mirarme y ya se embarcaban todos en una conversación acalorada y festiva sobre mis habilidades, mientras yo entraba a formar parte del mobiliario del salón, una pieza más –sin mayor significado o interés que el resto– del conjunto de objetos decorativos que acompañaban mudos aquellas encantadoras veladas. Dejaba de existir, como antes de aparecer en escena, y me quedaba en un rincón, sin saber qué hacer, con la cabeza gacha.

Una de esas tardes de ballet me tocó actuar para un invitado de mis padres que yo no conocía. Era un amigo reciente, casado con una mujer aparatosa y habladora. El hombre era especialmente educado, su voz era suave y profunda y, al hablar, accionaba sus manos con armonía, de manera que yo no podía dejar de observarlo, hipnotizada por el movimiento de batuta que imprimía a sus brazos. Aprovechando unos segundos de algarabía y acaloramiento en la conversación general, el señor se dirigió a mí y yo me acerqué a él como una autómata. Me cogió la mano y me acarició el rostro tan dulcemente que todavía hoy, tantos años después, puedo recordarlo como si me estuviera pasando ahora mismo. Acercó su cara a mi mejilla y me dio un beso con la boca entreabierta. Me acuerdo bien, porque nadie me había besado así antes, con tanta fuerza y tanto empeño, casi dejándome el surco de su huella en el moflete. No era un beso como los otros, casi sin rozarme, hola bonita, qué mona estás, cuánto has crecido, muac muac. No, este no era un beso de compromiso; no era un adulto besando a un niño sin percatarse realmente de su presencia. Era el beso de un señor a una niña con nombre, a Martina. Un beso personalizado. Nadie, digo bien, nadie, ni siquiera mis padres, me había besado así antes. Y me quedé paralizada, con los ojos fijos en los suyos, intentando descubrir de qué extraña raza era. Luego me cogió por la cintura, me atrajo hacía sí y me dijo, con esa voz de terciopelo que tenía, susurrándomelo en el oído, que era una niña especial, que él lo había visto, que yo era es-pe-cial. Se llamaba Damián, y esa tarde, con siete años, me enamoré por primera vez.

A partir de ese momento, y cada vez que mis padres anunciaban visitas en casa, yo preguntaba sus nombres. Cuando el de Damián se encontraba en la lista, el corazón se me aceleraba y ya no vivía hasta el instante en que este asomaba por la puerta de la calle. Yo buscaba más besos como aquellos, más miradas, más frases personalizadas como las que me dedicó el primer día. Ahora sé que buscaba sentirme real, interesar por mí misma, ser valorada no como una marioneta graciosa que hace lo que le dictan, sino como una niña sensible y delicada, dispuesta a entregarse sin recelo al afecto de alguien. No por lo que hace, sino por quién es y por lo que es capaz de sentir.

Mis padres eran gente de mundo. Con un nivel cultural por encima de la media, y a pesar de que su nivel económico —bueno sin duda— no les permitía cumplir con sus auténticos delirios de lujo exquisito, no se privaban de nada. Tenían caprichos caros, que surgían unos detrás de otros, como una cascada sin fin, y enseguida se aburrían de las cosas.

Cuando mis actuaciones dejaron de ser una novedad y ya no impresionaban a sus amigos, se desentendieron de mi carrera como bailarina, que por esa causa llegó a su final abruptamente. Al darme cuenta de su desinterés, yo misma me desmotivé, ya que en realidad bailaba con el único aliciente de agradarles, sin vocación verdadera, y no hubo ningún problema en que abandonara mis clases. Así, tiré aquellas zapatillas rosas a la basura con desapego, sin el más mínimo sentimiento de pena, aunque sí con un cierto sabor de fracaso.

Pero me tenía que buscar otra ocupación llamativa con la que poder seducir y contentar, con la que poder ganarme mi lugar en la familia. Porque sin ella yo no era nada o, por lo menos, no era digna de ser tenida en cuenta ni de concitar la atención de mis padres, aunque solo fuera por escasos lapsos de tiempo. Así que me dediqué a la pintura. No es que lo decidiera conscientemente. Es que una tarde de domingo que estaba pintando se me ocurrió hacerle un retrato a mi padre. Me fui a su despacho, me escondí detrás de un sillón y dibujé su rostro mientras él hablaba por teléfono. Él no se dio cuenta de mi presencia porque yo era silenciosa como un topo y estaban acostumbrados a no verme aunque estuviera en la misma habitación; formaba parte indisoluble del paisaje, así que pude hacerlo sin problemas.

Cuando llamaron a la cena dejé mis lápices y hojas encima de una mesa, y al terminar, yéndome ya a la cama, mi madre descubrió el retrato de mi padre y dio un grito de asombro: «¿Esto lo has pintado tú, Martina?» Yo callé, como de costumbre, porque no sabía cuál iba a ser la reacción de mi madre, e hice como si no hubiera oído. Pero ella insistió y no me quedó más remedio que asentir con un hilo de voz. «¿Has visto, Juan, qué maravilla? Eres tú calcadito. Es tu misma expresión, esa que pones cuando estás concentrado en algo.» Y mi padre se acercó a verlo y empezaron a hablar excitadísimos, ponderando mi trabajo con el frenesí de dos descubridores de un tesoro egipcio. «¿Le vas a hacer uno a mamá, Martina? ¿Verdad que sí?», preguntó febrilmente mi madre. Y yo respondí asintiendo con la cabeza, encantada de ser útil de nuevo, aunque con cierta sensación de agobio en el estómago. Tendré que esmerarme mucho, pensé para mis adentros. Tendré que llegar a hacerlo a la perfección.

Desde ese domingo me dediqué al retrato. Y cuando había visitas, yo salía con un enorme cuaderno que me habían comprado para la ocasión, y retrataba a todos los asistentes. Era agotador, y no todos me gustaban igual. Pero yo producía retratos como churros, lo digo por la cantidad, que la calidad era magnífica, por lo menos así lo aseguraban los invitados. Cuando llegó la ansiada visita de Damián, mi técnica había alcanzado las cotas de virtuosismo técnico de un pintor flamenco y una vehemencia en los rostros digna del mejor expresionista.

A la hora de cumplir con mi cita obligada de retratista de la corte, obvié al resto de los presentes y me dirigí resueltamente hacia el lugar que ocupaba Damián. Me senté delante de él y lo retraté como si estuviera pintando la Capilla Sixtina. Puse lo mejor de mi arte y cuando culminé mi obra se la mostré orgullosa. Damián quedó perplejo. Enmudeció unos instantes y por fin reaccionó, dándome un beso profundo, con los labios abiertos, mojándome ligeramente la mejilla. Al sentir el contacto de su húmeda boca en la piel de mi cara noté que esta comenzaba a arderme de forma inusual, como cuando te pones colorado por algo de lo que sientes vergüenza y te da la sensación de que vas a acabar envuelto en llamas, teniendo que ir corriendo a ponerte debajo del grifo para acallar el fuego y el ardor que te domina. Mientras tanto Damián, que pareció haberse dado cuenta de mi enrojecimiento, acudió en mi ayuda como un auténtico caballero, y me pidió que le trajera un poco de hielo para su copa. Así pude salir huyendo de allí, con mis manos aferradas a un cubo plateado, camino de la cocina. Pero, una vez a salvo de cualquier mirada, no podía recuperarme de ese beso caliente que había prendido la llama de mi rostro. Y de pronto noté una presión muy fuerte en la vejiga, como si fuera a hacerme pis de golpe sobre las baldosas del ofis. Reprimí el deseo, pues el tiempo apremiaba, y corrí a coger los cubitos para Damián, que esperaba mi vuelta.

A mi regreso a la sala, todos parecían estar entretenidos en escuchar la graciosa anécdota que en ese momento narraba uno de los invitados, así que pude acercarme a mi caballero sin hacerme notar, puesto que además daba la casualidad de que estaba sentado en el lugar más apartado del salón, el más alejado de la concurrencia. Le puse el cubo delante y él me pidió que le sirviera dos cuadraditos de hielo en la bebida. Como estaba tan alelada ante su presencia, se me olvidó coger las pinzas de plata que mi madre empleaba en esos menesteres y que habían quedado abandonadas sobre la mesa del mueble-bar. Así que metí la mano en el cubo y aprehendí el primer trozo con los dedos, sintiendo el frío y la humedad del hielo en mis yemas. Lo dejé caer sobre el vaso con todo el cuidado de que fui capaz, pero el güisqui salpicó la mano de Damián y también la mía. Me puse tan nerviosa por haberlo hecho mal que quise limpiar su mano frotándola con la mía, pero no hice sino mojarlo más, torpemente. Sin embargo, él no parecía molesto. Me miraba con intensidad y sonreía dulcemente. «Tienes unas manos preciosas, Martina», me dijo, «suaves y frescas como los pétalos de una rosa mojada por la lluvia.» Al oír esa frase, me descendió su música desde el oído, por el interior de mi cuerpo, hasta el vientre, resonando como el eco de un prodigioso acorde de violín, tensándome los músculos y poniéndome alas, provocándome un hormigueo en la nuca que se me despeñó hacia abajo tirándose de cabeza al mar de mi vejiga. Tanto me repercutió en la médula de todo mi esqueleto aquel calambre de excitación que no pude reprimir la presión de la orina que aguantaba desde hacía rato. Y se abrieron las compuertas sin que yo pudiera poner remedio. Sentí la orina atravesar mis bragas y bajar por las piernas, desnudas por debajo de mi vestido. Solo Damián se percató del líquido chorreando sobre la alfombra, porque los otros reían en ese momento la culminación del chiste, y yo no podía dejar de mirar hacia abajo, tan avergonzada que deseaba volatilizarme en una décima de segundo, con las lágrimas a punto de saltárseme de horror por el calibre de las consecuencias que, sin más tardar, se iban a derivar de mi irresponsable actitud, y sobre todo, porque mearme delante de Damián era el mayor de los desastres que el destino me enviaba. En esa posición pude ver, asombrada, como Damián se agachaba disimuladamente y tocaba el charco, impregnándose la mano de mi orina tibia, para luego llevarse uno de los dedos humedecidos a la boca. Allí se lo relamió un instante y luego, acto seguido, me pidió que le enseñara dónde estaba el baño. Me resultó extraño, porque él conocía perfectamente su ubicación, pero obedecí sin rechistar, pues era mi segunda oportunidad para salir huyendo del peligro, posponiendo así el inevitable enfrentamiento con mis padres.

Damián me cogió de la mano y yo lo arrastré hacia la zona de la casa donde se encontraba el baño principal, notando los churretones de pis tirándome de la piel de los muslos y el líquido embalsado en mis zapatos. Por el camino él me pidió que lo llevara a *mi* cuarto de baño y yo, sin meditar su inusual comportamiento, cambié la trayectoria sobre la marcha para acabar en el baño situado junto a mi habitación.

Al llegar allí me dijo que entrara con él, y de nuevo yo obedecí sumisa. Cerró la puerta con pestillo y se sentó sobre la taza del váter. Me cogió de la mano y me expuso sus planes. Me iba a ayudar a cambiarme para que nadie se diera cuenta de lo que me había ocurrido. Me contó que a él le había pasado exactamente lo mismo de pequeño y que se había sentido tan mal que todavía podía recordar la violencia que le había producido aquella situación, por la bronca que le habían echado sus padres y por la vergüenza que le había generado su propia orina mojando el piso del salón delante de todos los invitados. También me dijo que no me preocupara, que era algo natural, e incluso hermoso, dejar salir el pis en torrente, abandonarse al placer de cumplir una necesidad imperiosa del cuerpo. Me contó que muchas veces las normas sociales van en contra de nuestra propia naturaleza, y que aunque tenemos que cumplirlas porque vivimos en sociedad, cuando se nos escapa el instinto por entre las piernas no debemos sentirnos mal o inadecuados. Y para acabar de rematar su explicación me metió las manos por debajo del vestido, me bajó las bragas, me las quitó, se las acercó a su cara, y finalmente se las restregó por la nariz y la boca con expresión de éxtasis, como quien aspira la fragancia de una rosa y después chupa sus pétalos de terciopelo. Luego me pasó las bragas por mis mejillas y pude sentir la humedad y el olor amargo de mi orina y de pronto no me pareció tan horroroso el pis, sino que lo sentí como algo mío, una parte de mí con la que volvía a encontrarme después de varios años de ausencia.

Después Damián miró el reloj y dijo que debíamos darnos prisa. Luego continuó su labor apresuradamente. Me quitó los zapatos y los calcetines mojados. Llenó de agua el bidé, me sentó en él y me lavó con tierna delicadeza, como nunca me habían lavado antes. Se puso un buen chorro de jabón líquido en la mano y me lo untó por los muslos y por el coñito y por las nalgas. Con solo recordar esta escena me humedezco de placer, sintiendo las manos de Damián, pringadas de gel, tocarme la entrepierna. Pero con siete años una experiencia así se vive de otra manera, aunque en realidad sea el primer estadio de lo que puede sentir una mujer adulta a la que dieran el mismo tratamiento. La sensación de placer sexual es un chip de memoria con el que convivimos desde que nacemos, pero de niños no sabemos ponerle palabras, y en la medida en que no forma parte de nuestro incipiente lenguaje tampoco somos capaces de racionalizarla, de traducirla al idioma de la consciencia, porque no es el momento. Esa es la barrera de la niñez. Y eso es lo que hace que ahora yo pueda poner nombres, verbos y adjetivos a lo que una niña, aun dotada de una gran precocidad, jamás podría llegar a narrar de esta manera.

Por eso yo viví a Damián, viví sus dedos sobre mi piel, sus manos enjabonadas frotándome, como lo que era para mí en aquel entonces. Un héroe que me rescataba de las garras de la vergüenza, un héroe de carne y hueso que me enseñaba a desear mi orina, a amar mis impulsos más primarios, que me descubría el tesoro más hermoso de cuantos yo había conocido. Un héroe que me lavaba con la ternura de una madre a su cervatilla temblorosa. Que me calmaba la herida del miedo más terrorífico con sus mimos serenos y juguetones. Por eso yo viví a Damián como la mano tendida en mitad de la soledad del universo. Una mano que conforme me acariciaba entre las piernas me explicaba más sobre mí que cien mil enciclopedias juntas.

Al terminar de limpiarme me invitó a que me meara encima del agua del bidé, que parecía un caldero hirviendo lleno de pompas de espuma. Lo miré interrogativamente, como no acabando de creer lo que me pedía, y él asintió sin decir palabra, con un guiño de complicidad en la mirada. Entonces yo dejé de pensar en lo que estaba bien o mal, en lo que debía o no debía hacer, en lo correcto o lo incorrecto de mi existencia, y empujé con toda la fuerza de que fui capaz, pues todavía sentía que llevaba mucho dentro de mí; y lo hice en su honor, con el ostentoso orgullo de un torero que brinda las dos orejas y el rabo a la novia que lo admira desde el tendido. Al comprobar que el pis caía ya sobre el agua turbia del bidé, Damián metió sus manos bajo el chorro, en forma de cuenco que se fue llenando hasta el borde de líquido amarillo, y se lo llevó a la boca y bebió a sorbos su contenido, como si se estuviera tomando su tercer güisqui de la noche, pero esta vez humeante y sin hielo. «¿Lo ves, Martina?», me dijo. «Este líquido es el jugo de tu vientre. Nada de lo que hay en tu cuerpo es feo o sucio.»

Confieso que cuando vi a Damián beber mi pis me quedé estupefacta. No podía entender que aquel hombre fascinante y maravilloso, tan guapo y cortés, estuviera allí conmigo dedicándome toda su atención. Yo no era merecedora de tan gran honor y esa verdad se me había revelado hacía mucho tiempo. Nadie había gastado ni diez minutos de su existencia para ayudarme en mis problemas. Siempre que mis padres me atendían era para cubrir mis necesidades básicas o porque yo hubiera generado un conflicto que en el fondo les atañía directamente. Pero que además de acudir en mi ayuda, Damián se bebiera mi meada, ese líquido miserable que yo no podía evitar llevar dentro y que me veía compelida a expulsar en un momento dado sin apenas control, era una experiencia que jamás hubiera imaginado vivir.

Ante ese gesto extravagante yo no tenía más que dos posturas para adoptar. La primera, pensar que Damián era un loco que disfrutaba con las cochinadas de la vida, que era justo lo que los demás rechazaban visceralmente; y la segunda, considerar que Damián estaba en lo cierto y que los locos eran los otros. Como ya podéis imaginar, me decidí por la segunda opción. Tal vez por propia intuición o porque la verdad escoge extraños medios para anunciarse, pero fundamentalmente porque Damián era mi salvador, y alguien que acude en socorro de otro merece no ser tenido por loco.

En el momento justo en que Damián, tras ordenarme que fuera a mi cuarto en busca de unas bragas y unos calcetines limpios, me vestía como a una muñeca, me decidí por él, por sus manos cálidas y finas, firmes y arrulladoras, por su voz rasgada y sabia, que parecía contener todos los sueños hechos realidad, por su mirada melancólica y atenta, por su porte exquisito. Y conforme me decidía por él, me embarcaba en su mundo, en su modo de entenderlo todo, me afiliaba a su secta, me entregaba en cuerpo y alma a su modelo de ver las cosas. De manera que me alejaba infinitamente de los otros, y armaba una barrera contra ellos. Y ya presentía que a pesar de la dicha de aquellos momentos compartidos me habría de sentir todavía más sola frente al universo, porque ese tomar partido por Damián me excluía automáticamente de los esquemas de casa, y también porque Damián –único compañero en mi aventura– se iría de mi lado en unos pocos minutos.

Al despedirse, me dio un beso de mariposa en los labios, tan ligero que las alas de su boca fueron arrastradas por el viento antes de que yo pudiera darme cuenta de su portentoso toque, del hercúleo poder de su roce. Y luego se marchó por el pasillo, ajustándose la corbata y adoptando la pose de un intachable *gentleman*.

MI DUEÑO

Mi primer beso en la boca me lo dio Damián. Os acabo de contar cómo sucedió. Vale, no fue un beso de rigor, con lengua, pero para mí fue mi primer beso de mujer. A los siete años. Probablemente muchos de vosotros pensaréis que me excedo en mi apreciación y cuestionaréis hasta qué punto la precocidad que me atribuyo se corresponde con la realidad, pero la conciencia de ser hembra no solo viene inscrita en los genes, sino que se va haciendo a fuego lento, desde la cuna. Y Damián me centró en ese aspecto. Creo que aunque ya vienen bien provistas de fábrica con la maquinaria adecuada, las niñas necesitan además que algún hombre les encienda –en cierto modo– el interruptor de la feminidad. Como primer contacto masculino, el padre sería el macho de la especie encargado de inyectar ese caldo en la sangre de su hija, pero a falta de padre, bueno es cualquier otro. No lo digo con crueldad o desapego, haciendo de menos a mi padre, pero en este terreno él no se hizo cargo de su responsabilidad, o no supo hacerlo. Me dejó a medio hacer, y lo cierto es que a través de Damián sobrevino mi iniciación como hembra. Además, ahora pienso que si no llega a ser por él yo nunca me hubiera puesto a escribir estas páginas, jamás hubiera podido llegar a expresar lo que soy, a pesar de que me ha costado casi cuarenta años llegar hasta este instante. Su toque mágico me ha acompañado durante toda la vida, y aunque por mucho tiempo me he visto secuestrada por un comportamiento maquinal, sirviendo a la causa de la idiotez, mi amado Damián viajaba mientras tanto en mi interior, acomodado entre mis costillas, como un polizón que hacía el trabajo constante de aventar las llamas de lo íntimo verdadero para que no se apagaran definitivamente.

A partir del momento en que Damián bebió mi pis y me dio aquel beso no pude dejar de pensar en él. Creo que me enamoré de Damián perdidamente, como solo una niña de siete años puede hacer. Desde la confusión, desde el deseo de saber, desde el instinto más ancestral y, sobre todo, desde la necesidad de sentirme alguien, no un objeto programado para hacer bien las cosas. Mi curiosidad inició entonces una escalada hacia la exageración más enloquecida, y yo buscaba como una perrita ansiosa el regazo de un amo que me mostrara el camino de lo esencial, las respuestas a todas las preguntas. Como Damián era un río subterráneo, presente pero no visible, y no lo tenía a mi lado, investigué otras vías, mientras esperaba que fuera invitado otra vez a nuestra casa. Los días se convirtieron en un ir y venir del mundo, desasosegado y palpitante, en busca del saber, a la espera de mi deseo. Si no podía tener a Damián, confortaría mi alma haciéndome a cada paso más y más inteligente, con el fin de poder ofrendar un cerebro bien lubricado al dueño de mi corazón en cuanto apareciese de nuevo.

En esos momentos, yo asocié la inteligencia al cuerpo. Era mi única baza de conocimiento. Por lo menos, la única realmente mía. Porque la acumulación de saberes intelectuales, más el desarrollo de mis habilidades prácticas, configuraban las principales expectativas de mis padres con respecto a mí. Y como yo había decidido escindirme de ellos para ponerme de parte de Damián, no quería insistir en ese plano. Sí, lo hacía, es cierto. No lo voy a negar. Me entregaba a la dolorosa tarea de hacerme útil para poder seguir viviendo junto a ellos y ganarme así el sustento, pero en forma de medicina de mal sabor que tragaba cuanto antes, para luego refugiarme a toda prisa en la cueva de mi auténtica necesidad, aquella que solo yo podía satisfacerme. Por fuera, seguía cultivando la imagen de niña buena, lo que se esperaba de mí, y cuanto más buena tenía que ser, más mala quería ser como contrapartida. Aquello de lo que mis padres abominaban era el sustento de mi vida oculta, lo que me estimulaba. Y lo desarrollaba en silencio, a ciegas, sin compañía. Mi personalidad se dividió entonces en dos partes enemigas que debían convivir dentro del mismo cuerpo. Necesitaba ambas. La primera, para continuar recibiendo las bendiciones de mis progenitores y evitar así que un buen día quisieran deshacerse de mí echándome a un contenedor por la noche. La segunda, para divertirme y jugar a mi manera. Más adelante claudiqué y me vendí, haciendo de mi tesoro secreto una nueva arma para ser útil y correcta, y finalmente fundí esas dos partes en una sola. Por eso, y porque las caricias de Damián se contaron con los dedos de una mano, y porque fui suya sin serlo, me quedó de regalo envenenado una secuela de ansiedad que saciaba compulsivamente en brazos de propios y extraños, de tal forma que una desaforada necesidad de caricias, junto con mi adecuada programación para ser útil, más mi rapidez para entender lo que se esperaba de mí, me acabaron haciendo, a la larga, un objeto sexual perfecto.

LOS BUENOS Y LOS MALOS

Pero lo de Damián no acaba aquí. Aquellas suaves caricias suyas, sobre mi coñito de niña amedrentada por la caída de su orina sobre la alfombra del salón, dejaron una huella en mi incipiente vulva. La de la ganadería del macho que había en él. No digo que me mojara entonces, que tampoco voy a desmedir las consecuencias de su lavado de bidé hasta ese extremo, pero ocurrió algo parecido a eso. De alguna forma Damián me desvirgó, simbólicamente hablando.

Ser padre es un acto complicado, y cada rasgo de comportamiento con los hijos es como un elástico que, dependiendo del modo en que se estire o se suelte, puede pasarse de rosca o, en el polo opuesto, no llegar nunca a tensarse lo suficiente. En lo que respecta a la sexualidad, algunos padres llevan hasta el último extremo ese elástico y violan a sus hijas, porque no adquirieron la capacidad de medir su propia intervención en el proceso de feminización de estas. En el lado contrario, algunos padres se inhiben por completo, por exceso de celo en el cumplimiento de su moralidad, y por miedo a sus propios instintos, y dejan a las hijas a la deriva, a mitad de camino, abandonándolas cuando empiezan a tomar conciencia de su sexo. Eso fue lo que hizo mi padre conmigo. Me retiró las caricias a temprana edad y con ellas se fue mi principal alimento de percepción erótica y emocional, el sustento de mi vida futura, dejándome desnuda frente al mundo, sin armas para la lucha. Y lo peor es que nunca me dio una explicación. Porque yo hubiera entendido cualquier cosa, los tabús, las trabas de la sociedad, los imperativos de la moral, si me lo hubiera explicado encima de sus rodillas, dándome muchos besos y acariciándome el cuerpo con ternura. Sin embargo, un buen día dejó de estar presente, y se convirtió en una sombra que únicamente se dirigía a mí para celebrar mis logros académicos o para amonestarme cuando no hacía lo que debía.

Así las cosas, Damián cogió inconscientemente el testigo de mi aprendizaje de hembra, que mi padre –el primer amante frustrado de mi vida– había dejado inconcluso. Y de su mano descubrí que había dos mundos contrapuestos, uno que me decía que mearme encima tenía su encanto y que hasta me premiaba con el milagro de un trato dulce y cariñoso, y otro en el que eso mismo me valía las iras y reproches de mis padres, que me insultaban por ello y me castigaban sin cenar. Y este esquema tan claro me resultaba absurdo e incongruente, porque me distorsionaba el panorama de tal forma que ya no sabía cuál era el lado de los buenos y cuál el de los malos.

Lo que sí sabía discernir era lo que más me había gustado. Sin duda, el proceder de Damián era mi favorito en la escala de lo bueno, a resultas de lo cual comencé a pensar que yo no era trigo limpio, porque me gustaba justo lo que se suponía que era malo, pernicioso, deshonesto. Y comencé a vivir con esa verdad inculcada a martillazos, con ese secreto cosido a los forros de mi identidad. Porque lo bueno de los buenos era no tocarse. Y lo bueno de los malos era tocarse.

Pero la prueba definitiva de esta distribución de la bondad y de la maldad la obtuve una noche en que mi madre estaba de viaje. Ocurrió pocos días después de mi encuentro con Damián. Yo estaba entre desorientada y eufórica, por haber descubierto un nuevo juguete y por averiguar más de él. A mi padre no le había quedado más remedio que hacerse cargo de mí por unos días, y el primero de ellos, a la hora de costumbre, me llevó al cuarto de baño para realizar las tareas de aseo. Me desnudó despacio, con meticulosidad pero también con cierto distanciamiento de fondo. Hacía ya un par de años que se había desmarcado de esa labor y me resultaba entre extraño y atractivo encontrarme de nuevo con él en aquel recinto de espejos, de amarillos y azules. Se demoró en los leotardos, que fue enrollando hacia abajo, en perfecto canutillo, hasta los dedos de los pies. Se había inventado ese sistema cuando yo era más pequeña, para hacerme reír. Ahora lo realizaba con el resabio de los viejos tiempos, pero sin alma. Me bajó las braguitas de algodón rápidamente y, aunque fue visto y no visto, juraría que detuvo su mirada, sin el más mínimo aspaviento que lo delatara, en la rajita imberbe que yo lucía entre las piernas. Estoy segura de que por unos segundos se le quedó impresionada en sus pupilas, esculpida a cincel y en relieve. Me quitó el vestido con dificultad, forcejeando con las mangas y la cremallera, y es posible que ese obstáculo lo inventara él para poder mirarme más sin que mi rostro lo apreciase, cubierto como estaba por el traje hecho un guiñapo y atascado en mis brazos, a la altura del cuello. Finalmente el vestido salió entero y mi padre ya me estaba echando a la bañera, tan caliente que me hacía gritar al sentir el agua hirviendo. Me senté al borde, escaldada, y mi padre cogió entonces el patito de goma con el que yo solía jugar. Me lo lanzó de tal forma que fue a caer en el triángulo que formaba mi vientre con los muslos. Al advertir su contacto en esa zona íntima, yo abrí las piernas movida por un resorte inconsciente y me lo pegué bien ahí. Y cuando noté el tacto firme y a la vez resbaloso del muñeco en la zona empecé a masajearme con él sin apenas darme cuenta de lo que realmente estaba haciendo, pero sintiendo un gusto novedoso que, centrado en un mínimo espacio de piel, conseguía estremecerme el cuerpo entero. Al apreciar que mis jugueteos con el pato eran algo más que un inocente pasatiempo infantil, porque yo ponía cara de gatita en celo, acompañada de una sonrisilla lasciva, y me abría cada vez más de piernas para que el vientre del pato rozara el mayor fragmento posible, moviendo cada vez más las caderas e instándolo a que viera cómo lo hacía, mi padre se crispó de golpe y me ordenó con un alarido de censura feroz que soltara el pato inmediatamente. Pero yo no supe —o no quise— ver la obvia señal de alarma que se reflejaba en esa misma crispación, y en lugar de obedecerle, dejé quieto el pato y luego apreté las piernas fuertemente, de modo que la prominencia de su pico se me clavaba y me daba gusto tenerlo en ese lugar encajado, para luego retar a mi padre a que no era capaz de arrancármelo de allí. Él se quedó parado un buen rato mirando cómo se abultaba la zona de mi pubis por efecto de la presión de aquel cuerpo de plástico. Al cabo de un momento de parálisis, mi padre reaccionó violentamente al ver a aquel patito comerme la entrepierna y lo asió con firmeza para luego comenzar a tirar de él, desencajado, diciéndome que eso no lo hacían las niñas buenas. De tal forma tiró que al principio me daba gusto, porque lo movía despacio, de un lado a otro, para ver si conseguía soltarlo, y el plástico mojado era el material perfecto para resbalar por entre mi piel haciendo la resistencia necesaria para estimular mi clítoris. Era un suave vibrador que mi padre intentaba desenroscar, agarrándome al mismo tiempo por las nalgas con la otra mano para hacer más fuerza. Pero llegó un momento en que comenzó a hacerme realmente daño, y sin embargo yo no quería obedecer, pues por fin había conseguido que ese señor tan serio jugara conmigo, y no iba a renunciar a mi placer y diversión tan fácilmente. Mi padre se alteró tanto que perdió los nervios y le dio un tirón brutal al pato, de tal modo que yo tuve que ceder porque noté un pinchazo de dolor, y conforme relajaba los músculos para liberar el animalito, me doblaba de ardor entre las piernas y se me saltaban las lágrimas de manera automática. «No hagas teatro, Martina», dijo mi padre, «sal y sécate con la toalla.» Yo obedecí como pude, apoyando el culo en el borde de la bañera y saltando por encima de él con las piernas juntas, porque no me atrevía a abrirlas del daño que sentía, y cuando me planté en el suelo sobre la toalla de los pies, vi resbalar un churretón rojo por entre mis muslos. Mi padre, que estaba contemplándome con rostro severo, cambió su expresión en un segundo; rígido e intimidado, me dijo que abriera las piernas y ambos pudimos comprobar que la sangre manaba directamente de mi pubis. Yo no sabía lo que me estaba pasando. Solo sentía pinchazos y latidos, y el líquido sanguinolento me avisaba de que algo no había ido del todo bien en ese juego con mi patito. Una palidez tétrica decoloró el rostro de mi padre, y se convirtió en un frenético individuo que hacía muchos aspavientos pero ninguno en sentido productivo. Finalmente me puso una toalla en la zona, me dijo que apretara fuerte y desapareció del baño, dejándome allí tiesa y plantada en la postura de una estatua de jardín, desnuda y aferrada a un lienzo.

Tras unos minutos interminables volvió para decirme que había llamado a un amigo médico —«Damián, tú lo conoces», dijo—, que le había contado lo que pasaba y que se dirigía a nuestra casa con toda urgencia.

Al oír el nombre de Damián creí morir de alegría, y hasta conseguí relajarme un poco, pensando que gracias a ese doloroso incidente volvería a verlo. Cuando llegó, yo estaba medio mareada, tumbada en mi cama y anhelando el milagro de sus manos. Damián le dijo a mi padre que esperara fuera de la habitación, entre otras cosas, porque estaba tan descompuesto y aturdido que no hubiera hecho sino estorbar, y porque además no podía tolerar con entereza la visión de la sangre. Mi padre obedeció con prontitud, e incluso con agradecimiento. Era evidente que la situación lo superaba desde sus comienzos y que lo único que deseaba era despertarse de aquella pesadilla cuanto antes.

En cuanto nos quedamos a solas Damián me dio un beso suavísimo en la mejilla mientras me acariciaba la cabeza con las mullidas yemas de sus dedos y me susurraba dulcemente al oído que no me preocupara, que él venía a ayudarme, y que confiara en él. Acto seguido me quitó la toalla de entre las piernas y me pidió que las abriera un poco. Sacó una pequeña linterna de su maletín e iluminó la zona. Con dos de sus dedos abrió mi pubis, separando cuidadosamente los labios y dejando abierta la vulva a la luz intensa de la lamparilla. Entonces, milagrosamente, dejó de dolerme la entrepierna. Estaba con Damián. De nuevo ese hombre reservado y exquisito, atildado y fascinante, acudía en mi ayuda, solo porque yo estaba en peligro. «¿Has visto, Martina?», me dijo. «Tienes una fresa entre las piernas tan madura que ha derramado el jugo que llevaba dentro.» Y añadió: «Es una fresa tan rica, tan jugosa y apetecible, que creo que me la voy a comer entera.» Al escuchar lo que decía, el color me volvió a la cara y reí divertida su gracia. A lo que él comentó: «Hablo en serio, querida mía. En realidad no me la voy a comer, pero te la voy a lamer para lavarte con mi saliva el jugo derramado.» Yo lo escuché hipnotizada y me dejé hacer sin oponer resistencia. Si él decía que me iba a lamer ahí yo estaba segura de que era absolutamente necesario.

Incorporada sobre unos almohadones, podía ver al detalle las evoluciones de Damián en mi cuerpo. Así, él acercó su boca a la fresa en carne viva que palpitaba entre sus dedos, abrió los labios y sobre ella dejó caer un chorro de saliva. Acto seguido, con ayuda de su lengua restregó la mucosidad por toda la extensión de la zona herida. En contacto con el líquido espeso, y por efecto de las caricias de esa lengua que volaba sobre mi piel haciéndome un masaje de alas de mariposa, comencé a revivir, solté los músculos tensados hasta el momento, y me entregué a un placer alucinante, sintiendo que mi vulva ya no ardía por el dolor, sino por otra vivencia corporal que nacía de la parte baja de mi vientre. De golpe se me habían transformado los pinchazos en un deleite que, aunque totalmente nuevo para mí, se me antojaba tan natural como inexplicable y sublime, e intensificado al máximo por lo que yo creía que hacía aquella experiencia más gozosa, esto es, por ser la lengua de Damián, y no otra, la que me chupaba. Durante unos minutos relamió Damián todo mi pubis, limpiándome cada resto de sangre, cada doblez de la carne, con la parsimonia de un restaurador de obras de arte recomponiendo una pieza de valor único. Y volvía a segregar saliva y me la vaciaba, y de nuevo insistía hasta el agotamiento en chupar con finura inaudita, casi sin rozar la zona, el triángulo de mis miedos de aquella noche hasta que no quedó uno solo por exorcizar. En su lugar, el recuerdo de una boca amante hasta el delirio, y de una ternura mojada y tibia en forma de lengua de amor.

Al terminar su labor, Damián se incorporó y me miró en silencio antes de pronunciar sus siguientes palabras. Sus labios enrojecidos e hinchados aparecían pintados de rojo en las comisuras. Yo callaba de admiración y obediencia ciega. Lo observaba con los ojos tan abiertos y entregados como se merecía un héroe de semejante talla. Él me besó una mano y las marcas de su boca quedaron impresas en mi piel. La huella perfecta de unos labios ardientes, como la plantilla de carmín de las señoras. «¿Lo ves, Martina?», habló por fin. «El jugo de tu fresa es la señal de que está viva. Y ahora ha dejado ya de derramarse. Mi saliva tiene un poder especial. Es curativa y sana las heridas. Algunas personas tienen esa capacidad, pero no todas. Suerte que tu padre me llamó y pude venir rápidamente. De este modo no tendrás que sufrir otros cuidados. Solo yo me encargaré de tu fresa hasta que se ponga buena del todo, pero debes guardar este secreto. No puedes revelárselo ni siquiera a tus padres, porque si se lo dices a alguien, podría perder mi poder para siempre y ya no podría curarte nunca más, ni a ti ni a nadie.» Yo asentí con la cabeza, dejando claro con mi propio silencio que jamás se sabría de mi boca el poder de la saliva de Damián.

Pensaréis que el asunto de la saliva sanadora era un cuento de Damián, pero lo cierto es que su eficacia fue milagrosa y dejó de dolerme instantáneamente. Él le dijo a mi padre que la herida era superficial y que no había hecho falta darme puntos. Aun así, se ofreció a volver a verme pasados un par de días. Creyendo que yo no escuchaba la conversación, mi padre le dio las más encendidas gracias a su amigo y, como quien no quiere la cosa, le pidió que no comentara con nadie los hechos, puesto que le resultaba embarazoso el modo en que me había hecho esa herida, y aunque había sido sin duda un accidente doméstico, le rogaba discreción absoluta, por tratarse de una cuestión tan delicada como aquella. Por lo visto, todos teníamos secretos aquella noche, y por ese mismo motivo, todos debíamos callar.

Damián tranquilizó a mi padre y le dijo que no me quedarían secuelas –rara palabra cuyo significado no entendí entonces–. También le aseguró que, si todo iba bien, en pocos días desaparecería cualquier rastro de la herida. Al conocer ese dato fue cuando mi padre añadió que, de ser así, tampoco haría falta mencionárselo a su mujer, ausente por toda la semana, con el único y loable objetivo de no alarmarla inútilmente. Damián prometió silencio sepulcral y se pudo marchar por fin, dejándonos a mi padre y a mí a solas.

Tras despedir al médico, mi padre volvió rápidamente a mi cuarto, donde yo seguía acostada y reviviendo a cámara lenta todos los pasos de Damián sobre mi cuerpo. Me daba tanta pena su ausencia que me hubiera gustado irme con él, metidita en su maletín, o mejor aún, en el bolsillo interior de su americana, pegada a su corazón, escuchando sus latidos y sintiendo el calor de su pecho. Se había creado un lazo tan poderoso entre nosotros que hasta podía percibir el trenzado de sus hilos alrededor de mi cintura, el tacto de unas hebras como dedos que me arrullaban y mecían en una hamaca de besos, ternura y cariño de alta graduación, la copa del mejor vino que jamás había probado.

En mitad de mi delirio de alcohol imaginario, apareció mi padre con el rostro más ceñudo y rabioso que yo le recuerdo de aquella época, mayor si cabe que el que lucía en su gesto el famoso día en que le mojé la tapicería del coche con mi meada. Su aspecto de dureza externa me sorprendió sobremanera. Lo cierto es que me cogió baja de defensas, pues me sacaba de un jardín de placeres en el que yo me había desnudado por completo de mis mil máscaras de niña obediente para volver a ser un animalillo ingenuo y sincero, libre y retozón, corriendo por entre las piernas de mi amo absoluto, Damián, que me cogía en su regazo y me hacía brincar de gozo y me daba palmaditas de complicidad en el lomo y me dejaba lamerle con mi lengua –en un acto de entrega total por ambas partes– las manos, el cuello, los párpados, la piel aterciopelada de sus labios... «Martina», gritó mi padre mientras me agarraba fuertemente de un brazo haciendo tenaza con los dedos, «que sea la última vez, repito, que sea la última vez, ¿te enteras?, que sea la última vez que me haces esto.» Y apretaba cada vez más mi brazo, y luego el otro con su otra mano, y así hasta la exasperación y hasta que yo no podía más de dolor físico, porque parecía que los dedos de mi padre se me iban a salir por el otro lado de la carne, triturándome el hueso en su camino. Y siguió hablando a gritos: «Eso no se hace, ¿me oyes?, eso no lo hacen las niñas buenas. Eres una niña mala, Martina, y eso hay que corregirlo antes de que ya no tenga solución, ¿te enteras? Eso es de guarras y de putas, y yo no voy a permitir que una hija mía vaya por ese camino, y menos que empiece tan pronto como tú.»

Llegados a ese punto yo ni me atreví a rechistar. Conocía a la perfección ese estado de mi padre, y sabía que bajo tales condiciones yo no podía intentar explicarme o preguntar el porqué de las cosas. Se me hizo evidente que tocarme esa parte de mi cuerpo no era recomendable y al mismo tiempo me embarcaba en la noria del absurdo, pues no entendía, ni por asomo, la razón por la cual algo tan agradable no se debía hacer. Y las manos de mi padre pinzándome salvajemente los brazos, representaban –más allá del suplicio físico– dos puñales de tortura psicológica, junto con esas frases de reprobación que me condenaban a la pira del infierno donde las niñas malas eran sacrificadas sin misericordia. Me veía ya desnuda sobre una piedra al rojo vivo, cubierta de sudor y de mis propios excrementos –que me habría hecho eyacular el pánico–, abierta de piernas y roída por la afilada boca del diablo, empezando por mi coñito indefenso, cuya fresa se comería de un simple soplo, fétido y abrasador.

ESE BULTO QUE CRECE POR MI MAGIA

Pasados tres días mi padre me llevó a la consulta de Damián. Aguardamos media hora en la sala de espera, sin hablarnos, y luego una enfermera me hizo pasar a una sala donde había una camilla y varios instrumentos metálicos dispuestos en bandejas relucientes. Un foco enorme de luz, con tres ojos intensos, me vigilaba mientras la mujer se dirigía a avisar al médico. Durante unos instantes mi imaginación divagó por entre las sombras del miedo, decorada con el semblante agrio e incómodo de mi padre, que se había convertido en mi juez y mi verdugo en menos de una semana y que amenizaba nuestra convivencia con unos silencios densos y amenazadores desde entonces.

De pronto apareció Damián en escena, vestido con una bata blanca, como un ángel que acabara de aterrizar en el planeta. Su inmediata presencia eclipsó la luminosidad de la lámpara. Era un sol ardiente y atómico, capaz de dar calor a varios universos. Y yo era un fragmento de tierra helada por el desamparo. Su radiación secó en un santiamén el sudor frío que recorría mi cuerpo y de improviso me sentí acogida, de nuevo, en un lugar sagrado, donde nadie podría hacerme daño. La experiencia fue tan benéfica que me noté hinchada de pronto por una euforia de pletórica salud. Era como haber resucitado del mundo de los muertos vivientes y subido al cielo sin transición. Un cielo donde el azul era el mar del Caribe, y el blanco era la arena de la playa, y los ángeles servían copas en cortezas de coco y con pajitas de colores. Allí estaba yo entonces. Sobre una hamaca de espuma blanca, echada en los brazos de mi nube favorita.

Antes de que Damián pudiera reaccionar corrí a abrazarlo. Era la primera vez que yo, espontáneamente, deseaba acercarme a alguien de ese modo. Nunca antes había querido o necesitado expresar mis sentimientos, pero con él fue diferente. Es que Damián me trataba de otra manera. Era un hombre sin máscara. No era ambiguo ni caminaba sobre el alambre de las medias verdades. Me hablaba de igual a igual, no como a un ser inferior al que se le debiera presuponer por sistema una inteligencia corta y limitada. Y conseguía encender esa parte de mi identidad que yo mantenía a oscuras por propia supervivencia. Abría para mí la botella del elixir que la naturaleza había inoculado en mi interior, y lo vertía en las copas de la complicidad, para beberlo conmigo, mano a mano, labio a labio, haciendo de ese rito una fiesta deliciosa.

Así pues, ante la primera oportunidad que se me presentaba de poder expresarle mi admiración y mi cariño, no lo dudé un segundo y me aferré a su bata, metiendo mi cabeza en su entrepierna —me quedaba a la altura—, lo mismo que se refugia un polluelo bajo el ala de su madre. Su olor me hipnotizó. Era la fusión de todos los sentidos, un aroma de intensidad suave pero tocando el fondo de una nota grave y sostenida, bajo árboles centenarios en el corazón de una selva agridulce. Él intentó separarme, tras una breve pausa, pero yo me agarré a su espalda con la fuerza de una ventosa, de tal forma que mi cara se apretaba más contra sus genitales. Notar ese bulto que Damián tenía entre las piernas me produjo una sensación curiosa. No quería separarme de mi héroe, pero tampoco quería separarme de aquello que llevaba debajo del pantalón. Porque era suyo. Porque de pronto era lo que lo definía, más allá de mi conocimiento racional de que Damián era un hombre, o de que su sexo era distinto al mío. Y tener mi rostro enfangado en mitad de esa excelsa y mórbida carne era como tocar la blandura de un dios, su centro más íntimo, lo reservado a escasas y privilegiadas criaturas. Me sentía dueña, por unos instantes, de todo su ser.

Al cabo de un minuto de forcejeo con Damián empecé a sentir que el bulto se iba endureciendo, como por arte de magia, y ese proceso de metamorfosis me dejó fascinada. Sin duda él era un dios capaz de todo. Yo no conocía a nadie que dominara su cuerpo de esa manera y que pudiera cambiar la consistencia de la carne como quien trueca el agua en vino. Desde luego Damián era un superhombre, y ante el viraje de los acontecimientos, yo decidí que no iba a soltar mi presa hasta que no comprobara qué niveles de dureza podía alcanzar su magia. Entonces él soltó sus brazos de mis hombros y dejó de hacer fuerza para que me despegara de su bata. Se quedó lacio y callado. Parecía entregado por fin al destino de lo que no tiene remedio.

Una energía arrolladora y a la vez desmayada, de potencia latente y subterránea, emanaba de Damián y de su bulto, cada vez más prominente y duro. De forma que yo ya no pude más y separé la cara, subí el mentón lo que pude hacia lo alto, intentando mirarlo a los ojos, y le dije, transida de deslumbramiento: «Eres mago.» Me contestó desde las alturas, en el tono más desgarrado y dulce que jamás había oído, que la magia era mía.

Entonces, aprovechando que estaba desprevenida rumiando la extraña información recabada, Damián tensó de nuevo sus músculos y consiguió despegarme de su cuerpo. Luego dobló las rodillas, que le temblaban levemente, y se agachó de tal modo que su cara quedó a la altura de la mía. Me miró a los ojos con los suyos azules y me explicó algo más: «La maga eres tú, Martina. Tú haces que ese raro objeto que tengo entre las piernas, y que se llama pene o también polla, cambie de tamaño y de textura. Tú haces que se expanda y se endurezca en contacto contigo, y que pueda hasta llorar de alegría. Es lo que les ocurre a la mayoría de los hombres con las mujeres. Pero ya lo aprenderás cuando crezcas. Ahora debes esperar a que tu cuerpo esté preparado para aprender esa lección. Es cosa de pocos años. Digamos que es un juguete que los seres humanos nos guardamos para empezar a jugar con él cuando llegamos a adultos.»

Ante semejante declaración me quedé pasmada. Yo era la maga. Yo tenía poderes. Podía cambiar el cuerpo de un hombre, aunque todavía no sabía cómo. En el caso de Damián había sido tal vez por el roce, poniendo mi rostro contra su bulto, pene o polla, o como rayos se llamara. Pero lo mejor de todo es que era un juguete para jugar con él de mayor. Menos mal, pensé yo en ese instante. Menos mal que queda algún juguete para estrenar entonces. Porque a mí la vida de los adultos me parecía un poco rollo, y la comprobación sobre la marcha de la existencia del bulto ese que crecía por arte de magia me daba ciertos ánimos para encarar la mayoría de edad con una esperanza que hasta el momento me faltaba. Pero al mismo tiempo, conforme rumiaba el poder de ese nuevo divertimento anunciado, me nació dentro una melancolía lacerante. Porque mi infancia, mejor mirado, tampoco es que fuera un parque de atracciones, sino más bien el túnel del terror, o una jaula de serpientes venenosas. Y los juguetes con los que yo contaba me dejaban habitualmente fría. No eran juguetes para compartir, sino para aislarme más todavía del mundo. Eran objetos mudos y yertos que me recordaban a cada paso que no había vida a mi alrededor, sino un montaje de naturalezas muertas con rostros de plástico y ojos bizcos, fijos en ningún horizonte. Un conjunto de esqueletos con máscara de payaso ocultando sus calaveras, amontonados en el paraje de un enorme baúl, rellenando el hueco de los compañeros de juego que jamás tuve. Y mi soledad en aquel momento se me hizo un eterno peregrinaje por los años de vida que me quedaban por pasar, con hábito de monja que arrastrara los pies sobre el suelo blindado de la felicidad, esa inalcanzable meta que siempre quedaba del otro lado, mientras el bulto de Damián se me desdibujaba cada vez más, borroso en lontananza, al final del camino largo, largo, largo, que me esperaba. Un camino solitario por el que nadie me iba a llevar de la mano. Sola yo. Solo yo. Hasta llegar al bulto quién sabe de qué hombre, cuando mayor. Porque no iba a ser el de Damián. Damián se moriría. Eso estaba claro. Damián, con treinta y cinco años que tenía, era para mí un viejo. Si tenía que esperar a que yo creciera, mal lo llevábamos. Él ya podía usar el juguete. Eso era obvio. ¿Y con quién lo habría usado? Me había dicho que somos las mujeres las que ponemos duro el bulto. Luego Damián llevaba varios años usando su juguete con todas las que pillara. De pronto sentí celos. Tal vez los primeros celos sexuales de mi existencia, aunque entonces lo entendí de otro modo.

Damián era por fin el compañero de juegos que yo tanto necesitaba, y lo que allí sentí fue el miedo de perder su interés mezclado con la rabia de pensar que hiciera caso a otras, que no fuera yo la única protagonista de su recreo, o por lo menos la más especial de todas. Y además me ponía enferma tener que relegar mi nuevo descubrimiento al futuro lejanísimo de diez años después. Así que, movida por la confianza que me daba Damián, de quien nunca hubiera esperado una bronca o una amenaza por nada que yo hiciera, alargué la mano y la posé sobre su entrepierna, primero con sobresalto y pudor, mas luego con la osadía de una inocencia curiosa. Como estaba agachado y con las rodillas abiertas, la prominencia era mayor que antes, y más asequible. La apreté tímidamente al principio, y después atenacé más la mano, para poder apreciar de forma más intensa el hundimiento de su carne fofa bajo la presión de las yemas de mis dedos. Pero me encontré con una sorpresa, y es que no había vuelto a reblandecerse, sino que seguía hecha un bloque de titanio.

—¿Con quién lo usas tú? —le pregunté, mientras él permanecía petrificado en cuclillas con mi mano entre las piernas.

—Pues con mi mujer. Sabes que estoy casado —dijo muy despacio.

—¿Solo con ella? —seguí inquiriendo.

—Responder a esa pregunta es complicado. Únicamente puedo decirte que los mayores tenemos dos opciones: usar nuestro juguete solo con una persona o, por el contrario, con varias.

—¿Qué es lo mejor?

—Depende. En ese terreno no hay leyes ni normas. Cada uno debe decidirlo por sí mismo.

—¿Y tú?

—Martina, a mí me gustan mucho las mujeres.

—O sea, que lo usas con varias.

—No es tan sencillo.

—Pero si me acabas de decir que solo hay que escoger...

—Sí, es cierto. Pero no me he explicado del todo. Aunque para la naturaleza no hay más leyes que las de lo que te apetece en cada momento, la sociedad pone sus normas, y no puedes ir por ahí usando tu juguete con cualquiera que pillas. Debe ser algo consentido mutuamente. Hay algo así como una negociación previa.

—Vale, eso lo entiendo. Pero si dicen que sí, entonces ya no hay problema.

—Existe otra cuestión.

—¿Cuál?

—Una cosa llamada fidelidad.

—¿Fidelidad?

—Sí. Se supone que cuando te casas o cuando te emparejas con alguien, debes asumir que solo puedes usar tu juguete con esa persona.

—Pero eso es una tontería.

—Sí. En efecto.

—¿Entonces?

—Los seres humanos nos regimos muchas veces por criterios que parecen tonterías, y algunas lo son sin duda.

—¿Y no podría arreglarse?

—Algunos lo hacen. Hay gente que pacta con su pareja la libertad de usar su juguete con otros.

—Eso es genial.

—Sí. Así lo creo.

—¿Y tú has pactado?

—Yo no.

—¿Por qué? Si tú no eres idiota, Damián. Eres maravilloso.

—Mi mujer no está de acuerdo.

—Tu mujer es idiota.

–Sí.

–¿Y le haces caso?

–En realidad no.

–Eso quiere decir que usas tu juguete a escondidas.

–Se puede decir que sí.

–¿Y lo usarás conmigo?

–Dios, Martina. No digas eso. Yo no puedo usar mi juguete contigo. Eres una niña de ocho años.

–Pero parezco mayor.

–Aunque tuvieras el doble de edad tampoco podría ser.

–Pero yo te gusto, ¿no?

–S...í. Me gustas tanto que no puedo entenderlo.

–¿Por qué? ¿Es tan extraño?

–Sí. Se supone que a un hombre mayor no debería gustarle una niña pequeña.

–¿Otra ley de la sociedad?

–Bueno, en este caso es una ley de la naturaleza. Supongo.

–Entonces, que yo te guste no es natural.

–Tal vez sea más natural de lo que parece.

–Pues si es natural, usa tu juguete conmigo, Damián, por favor.

–¡Martina! No me puedes pedir eso. No sabes lo que dices.

–Digo lo natural.

–Aunque fuera natural, que ya es decir, no es lícito.

–¿Lícito? ¿Qué es eso?

–Que no es legal, que no puedo, porque si lo hiciera podría ir a la cárcel.

–¿Es un crimen?

–Exacto. Bueno, no es como matar a alguien, pero es un delito.

—No entiendo nada.

—Martina, esta conversación debe terminar ahora mismo. No se trata de ir a la cárcel o no. Es que moralmente no puedo hacerlo. Sería un crimen ético. Tú tienes toda la vida por delante y ahora debes esperar el momento oportuno, cuando tu cuerpo se haya desarrollado y esté preparado para experimentar los placeres de ese tipo de juguete. Además, tú también tienes tu propio juguete.

—¿Sí? ¿Cuál?

—Tu coñito.

—¿Coñito?

—Sí. Esa rajita entre las piernas. La fresa que te estoy curando.

—¡Anda! ¿Y cómo se usa?

—Frotándolo te puedes dar mucho placer.

—¡Ah! Ya... Lo hice el otro día, en la bañera, con mi patito de goma. Me lo metí ahí y empecé a restregármelo. Me daba mucho gusto. Pero mi padre me lo quitó.

—¿Lo hiciste delante de tu padre?

—Sí. Se puso como una fiera y me lo arrancó.

—¿Y qué pasó entonces?

—Que me dolía mucho y luego salió sangre.

—Bueno, supongo que tu padre no puede aceptar que tienes sexualidad, Martina. Quiere que sigas siendo un bebé, para no afrontar que puede desearte como mujer.

—¿Y usar su juguete conmigo?

—Tu padre no puede usar su juguete contigo, cariño.

—¿Qué?

—Sí. Es algo muy estricto y debe ser así. Es una norma que se debe cumplir a rajatabla.

—Es una norma fea.

—No, créeme, no lo es. Lo que ocurre es que solemos confundir las cosas. Y a veces los hombres, por miedo a no saber dónde está la frontera de lo que se puede hacer, de lo que es bueno o malo, dejamos de tocar a nuestras hijas. Radicalmente. Esa es la pena. Las privamos de nuestras caricias y de nuestros besos, cuando el contacto físico es importantísimo para demostrar y dar ternura.

Y terminando de decir eso, Damián me pasó la mano por la cara y sentí su tacto como miel derretida por mis mejillas y mi cuello. Mmmmmm... No puedo evitar pararme aquí, aún cuando son tantas las cosas que deseo contaros. La caricia de un hombre es diferente. Tiene otros matices. Hay ternura, sí, pero una ternura compleja y oscura, tan íntima que te hace enloquecer de goce. Es una ternura sensual que se adueña de ti y te transporta a los fondos abisales de lo anhelado.

Aquella mano de Damián acariciándome supuso para mí el bautismo de mis afectos. Me dejó la marca al rojo vivo de la ganadería del amor. Yo era ya, sin remedio, una ternera joven recién estrenada por el macho de su especie, iniciada en la sexualidad compartida. El hierro candente de la piel de Damián había quedado impreso en mi cuerpo como el zarpazo de un león que, jugueteando con su cachorro hembra, la hiere sin darse cuenta, y ese arañazo era un regalo, un trofeo, la cicatriz que nunca se quiere ver borrada.

Pero quizá no era eso. Es posible que yo cometiera el error de invertir los términos, y que el cariño de Damián se me tradujera en algo físico, cuando lo que en realidad planeaba entre nosotros no era más que complicidad fraterna y un entendimiento especial, justo aquello de lo que yo había carecido hasta mi encuentro con él. O tal vez Damián no pudo evitar que en nuestro intercambio de palabras y mimos se infiltrara aquello que él definía como prohibido, ilícito, un crimen ético. Y aunque había ternura fraternal por su parte —eso es indudable—, el veneno misterioso y embriagador de su mirada perdida en mi rostro, el desplome lánguido y morboso de su voluntad, más la imborrable huella de mi mano en su polla erecta, toda esa suma de pequeños detalles nos puso en la vía de no retorno del deseo. Un camino tan tortuoso y difícil en nuestras circunstancias como interminable en intensidad, al mismo tiempo que cegado y sin salida.

Pero fuera atracción erótica o puro cariño sin más, o ambas posibilidades juntas, allí estábamos él y yo, parados en mitad de la consulta, engolfados en el silencio de la proximidad manifiesta. Un hombre esbelto y nervudo, con algunas canas en su mata de pelo moreno, con ojos azul de aguamarina, nariz afilada, piel blanca y labios asimétricos y carnosos, orejas pequeñas y rematadas en punta, escaso de vello, la fascinante combinación del músculo duro y la carne blanda, con la textura de una breva madura en las mejillas, un cuello caliente y oloroso, hombros de arco perfecto, ancho pecho y precioso culo prieto. Y una niña de un metro diez, de huesos menudos, estilosa, media melena castaño claro, un gracioso remolino natural cayendo en onda sobre el lado derecho de la frente, unos ojos de beis otoñal punteados de motas marrón oscuro, unas manos ágiles y pequeñas, un cuerpo siempre en movimiento y en guardia, una caderita apenas insinuada, nalgas ligeramente en pompa respingona, muslos visibles, rodillas lustrosas y pantorrillas mínimas. Menuda pareja de cine.

«Y ahora, Martina, tengo que mirarte la fresa, que a eso has venido, ¿no?», dijo súbitamente Damián rompiendo la burbuja que nos envolvía. «Vale», respondí yo, cogida por sorpresa y arrancada del corazón de mis sueños.

Entonces el médico me levantó el vestido y me bajó las bragas de florecitas y lacitos que yo me había puesto especialmente para él. Subí primero un pie y luego el otro para que Damián me liberara de la prenda. Cuando terminó la operación, se quedó mirando mis braguitas pensativamente. Le pregunté si le gustaban y me dijo que eran las bragas más bonitas que había visto nunca. «Muy de tu estilo, Martina», añadió. Después se las llevó a la cara —como aquella noche en que me lavó y se restregó mis bragas meadas por la nariz y la boca—, y de nuevo absorbió su olor de forma que yo sentí que se le metía hasta la médula, tal vez queriendo no separarse jamás de ese aroma o llevárselo para siempre con él.

—Huelen a ti. Llevan tu olor, Martina. Es un perfume inconfundible.

—¿Las quieres? —le pregunté al ver que le gustaban tanto.

—Sí.

—Quédatelas.

—Pero no vas a salir sin bragas de aquí, y menos ir así por la calle —objetó Damián débilmente.

—Pues claro que puedo. Nadie lo va a notar, y cuando llegue a casa me pongo otras —expliqué sin reparos.

—Bueno, está bien, pero si tu padre se da cuenta le dices que con las prisas se te olvidaron en la consulta. No creo que vuelva a por ellas.

—Vale, aunque me tienes que dar algo a cambio.

—¿Qué quieres?

—Un beso.

—Eso está hecho —y acabando de decir la frase ya estaba plantando sus labios sobre una de mis mejillas. A pesar de que su beso me gustó sobremanera, me supo a poco. Era un beso normal y corriente.

—No, así no —le dije.

—Entonces cómo —respondió perplejo.

—En la boca —improvisé sobre la marcha, recordando

aquel beso de mariposa que Damián me había dado en los labios el día que me curó la fresa.

—No puede ser, Martina. No me pidas eso, por favor —suplicó.

—Pues no te doy las bragas —sentencié cruel.

Entonces, derrotado, me acercó sus labios a mis labios y los posó allí una milésima de segundo. El calambre de su boca húmeda me recorrió el espinazo tan dulcemente que me empezaron a temblar las piernas. De pronto no pude sostenerme en pie y me caí al suelo. Damián, alarmado, me preguntó si estaba bien y luego me cogió en sus brazos para ir a posarme sobre la camilla. En mitad del recorrido yo me agarré a su cuello y posé mi cabeza sobre su hombro, por dentro de la camisa, tocando su piel y percibiendo su pulso acelerado y notando la prominencia de su clavícula. Yo también aspiré su perfume, imitándolo y comprobando hasta qué punto un olor concreto puede hacernos desmayar de exaltación. Tardó en soltarme sobre la sábana blanca, y durante el tiempo que pasó hasta que finalmente lo hizo, me abrazó con fuerza, me apretó contra su pecho, me arrulló con palabras de amor, me acunó entre sus brazos. Creo que ese fue el momento más sublime de mi vida, el único e irrepetible instante de verdadero amor que he tenido. Amor en todos los sentidos, amor completo y mágico, amor entregado e infinito, purísimo y teñido de emoción hasta el hueso.

Damián me dejó sobre la camilla e intentó hacer su trabajo con profesionalidad distante, al parecer bruscamente concienciado de su objetivo real. Pero al tocarme entre las piernas, un estremecimiento palpable a mi sensibilidad cutánea recorrió su mano, cuyo pulso comenzó a temblar visiblemente. Me soltó de improviso y se quedó alelado mirándose la mano.

–Los cirujanos no podemos permitirnos que esto pase, Martina. La vida de nuestros pacientes depende de la firmeza de nuestro pulso –se dirigía a mí, pero en realidad era como si se estuviera dando explicaciones a sí mismo. Luego pareció reponerse de su estado de convulsión, y ya con una seguridad aplastante volvió a mi pubis y se asomó a su interior. Me lo tocó despacio, rigurosamente todo, y según él mismo dijo, el corte iba cicatrizando bien.

–¿No me vas a echar saliva? –inquirí, por un lado preocupada y por otro decepcionada de que Damián no me aplicara su tratamiento, tan agradable y placentero como yo lo recordaba.

–Debería y no debería –contestó inseguro.

Elusivo y cauteloso permaneció unos segundos sin decir nada, observando mi entrepierna sin tocarla.

–Por fa... –imploré yo, poniendo carita de niña buena y aplicando mis mayores dotes de seducción al pedido.

–Martina, me vas a matar, te lo digo en serio –reconoció Damián en voz alta.

–Yo no quiero que te mueras –afirmé yo convencidísima–. Solo quiero que me des un masaje con tu saliva en la fresa. Para curarla del todo...

–Está bien –concluyó él–, pero no digas nada más. Quédate quieta y callada mientras yo lo hago.

Cerré los labios como si me los hubieran pegado con cola de contacto y entonces Damián volvió a separarme las dos mitades del pubis para dejar caer sobre el centro una abundante dosis de saliva. La lengua del cirujano repasó con parsimonia la zona, que de pronto se me hizo la diana de todas las sensaciones. Conforme yo iba levitando cada vez más, deseaba tener siempre a mi lado a Damián haciéndome eso tan increíble. En mi entrepierna se daban cita en aquellos momentos todos sus arrullos y mimos, y yo sentía que la fresa que chupaba el médico amplificaba su sensibilidad y su contorno a toda la extensión de mi cuerpo, de tal forma que yo por entero me había convertido en una fruta jugosa, de pulpa derretida hasta el cerebro.

Cuando cesó el contacto y Damián levantó la cabeza, busqué su mirada ávidamente. Deseaba seguir acaparando su atención, no podía soportar su ausencia de mí. Él me miró sin abrir los labios, y en sus ojos centelleaba una amalgama de sentimientos que yo no alcanzaba a discernir. De entre todos ellos reconocí la tristeza, pero sabía que había más. En cualquier caso, una melancolía pastosa emanaba del rostro de Damián y me parecía que destacaba por encima del resto. O quizá mi percepción no alcanzaba a ver más allá porque siempre he conectado más profundamente con el sufrimiento de los demás que con la ternura, el entusiasmo o la alegría. Y siempre he querido que los demás no sufran.

Por eso anhelaba curar a Damián de su tristeza, al igual que él me había curado. Buscaba poder corresponder de alguna forma a su delicadeza y a sus cuidados, y sobre todo, a esa sensación que, de su mano, me permitía –por primera vez en mi vida– sentirme alguien, notarme yo misma como un ser integral –no una parte–, reconocido por el entorno. Así me incorporé lo que pude y, movida por la llamada de un instinto perturbador, más fuerte que mi capacidad de análisis, le pasé los brazos por detrás de los hombros y me agarré a su cuello como una lapa, para luego, en un último impulso, ir a poner mi boca sobre su boca. Lo hice torpemente, porque yo no sabía dar besos de mariposa. Supongo que le di un beso de ternera primeriza, desajustado y tembloroso, pintado de babas. Pero me quedé allí, apuntalada a su boca, como una niña sedienta que pegara sus labios al caño de una fuente, mientras él, petrificado, se dejaba hacer. Permanecí unos segundos en esa postura, apretando mi boca contra la de un hierático Damián, modulando la intensidad de la presión de fuerte a menos fuerte, de modo intermitente, y notando la tibieza y humedad de aquella aterciopelada carne labial, de aquel orificio mínimamente entreabierto que palpitaba tímido sin otra reacción que el propio control de su dueño.

En ese movimiento de vaivén que yo practicaba, sin saber muy bien por qué o atendiendo a qué técnica desconocida, cuando me retiraba un milímetro de la boca de Damián percibía más nítidamente el volumen y textura de sus labios, y cuando me acercaba con más fuerza, sentía que nuestras bocas eran una sola, un solo trozo de carne fusionada. Y entonces me aumentaba frenéticamente la necesidad de ser más dos en uno; pero no llegaba a ninguna parte, pues más allá no era posible fundirse. Yo no podía entrar en él ni él en mí, y la propia unión de nuestras pieles pegadas una contra otra era a un tiempo la barrera infranqueable que impedía el paso a esa integración total a la que yo aspiraba con animalidad desaforada.

Damián era como un bloque de granito, sentado al borde de la camilla, conmigo abrazada y sosteniendo su boca en el lugar en el que yo la había clavado a la mía. Pero hasta el granito tiene un punto de debilidad, y la vocación granítica de Damián debía de estar luchando con otra ansiedad mayor. De tal modo que llegados a un punto de estancamiento en ese ir y venir de nuestros muelles labios, la roca tembló y finalmente se rajó, dejando al aire una fisura mojada, por donde se descargó el manantial de la pasión del médico en forma de lengua acuosa que me buscó hasta abrirme una fisura igual y me perforó las fauces con la tromba de una cascada cayendo desde trescientos metros de altura.

Fue extraño. Suave primero y luego salvaje. Fue mi primera experiencia de ser poseída. La lengua de Damián se introdujo en mi boca como una punta de melón dulce, como una pera en almíbar, chorreante, confitada y jugosa. Todo su líquido me invadió por dentro y su volumen se expandió perdiendo la forma para amoldarse a mi cavidad, de manera que esta se llenó de pulpa blanda y macerada hasta ser ocupada en su totalidad por un órgano tan vivo y tembloroso que me impedía pensar. Era como tener a Damián físicamente metido hasta el cerebro, porque su lengua me llegaba al final del cráneo y me lamía los oídos desde dentro y se me salía por los tabiques nasales y luego se me despeñaba por la garganta para alcanzar la tráquea, el esternón, los pulmones, el estómago incluso. Pero lo más intenso, lo más regalado y milagroso fue cuando me lamió el corazón. Porque la lengua de Damián, desatada en mi interior, me lamió el corazón como hacía unos minutos me lamiera la vulva. Y llegó un momento en que yo ya no era yo, sino una lengua con la forma de mi cuerpo y cubierta de piel. Sin huesos, sin memoria, sin riñones, sin músculos, sin voluntad.

Ahora era yo quien me dejaba hacer, quien me entregaba quieta y abierta a la exploración de Damián como un recipiente nuevo en contacto con su primer ocupante de materia orgánica. Yo estaba absolutamente disponible. Era una gatita sumisa, súbdita de un amo húmedo y suavísimo que repasaba mis oquedades a la manera de un perro que, rastreando una presa, no dejara lugar sin inspeccionar, sin olisquear, morder o lamer. Esa era la impresión que una lengua dejaba dentro de mi boca; y aunque tal experiencia suponía una novedad para mí, pues nunca antes había penetrado una lengua en mi boca, estaba segura de que lo extraordinario de la sensación se debía en gran parte a que la lengua pertenecía a Damián, y no a otro cualquiera.

Y de pronto Damián buscó mi lengua con la suya. Lo noté porque la lava derretida y sin forma que me había llenado hasta el tuétano había vuelto a ser punta de melón dulce, un blando dardo que señalaba a una diana concreta. Rebuscó por entre mis dientes, bajo mi paladar, para ir a encontrar mi lengua laxa en mitad de la cueva que exploraba tan despacio y tan metódicamente. Antes de producirse la completa fusión de los dos órganos yo sentí la lengua de Damián posarse sobre la mía con pudor, deseante y recatada a la vez, con miedo al encuentro final. La cubrió primeramente y dejó que reposara con indolencia, en un inicial reconocimiento. Luego comenzó el roce. Paulatino, amable, empalagoso. Ese frotamiento me paralizaba, me rendía a mi dueño, y ya nuestras dos lenguas eran como dos animalillos fornicando: la hembra debajo, dócil y sometida; y el macho arriba, activo y poseedor. Pero ya se sabe lo que pasa con las hembras: que se dejan someter hasta cierto punto, y al cabo de un tiempo empiezan a removerse por debajo del macho, estimuladas por su penetración. Así que yo ensayé mi primer movimiento con la lengua, curiosa y decidida, bajo el peso de la de mi viril invitado. Al percibir mi reacción, Damián levantó levemente la masa húmeda y permitió mi avance, que se reveló desaforado. Inicié entonces una batida por su lengua, con la intención de una ávida fisgona, y lamí, hendí, repasé, acometí, calibré, froté aquella porosa y dúctil melaza, todo en segundos de frenesí rabioso. Sabía que mi aceleración era motivada. En primer lugar, yo desconocía el sistema de modulación de un encuentro oral a esos niveles. En segundo lugar, todo el tiempo que aprovechara me era vital por motivos obvios. No podíamos permanecer allí eternamente. Mi padre acabaría por entrar, extrañado, o en su lugar la enfermera. Y si mi curiosidad era tanta que me perdía, mi torpeza era mayor si cabe. De ese modo Damián y yo acabamos por desbocar nuestras lenguas, él estimulado por mi locura, y yo enrabietada por lo extremo de la situación.

Fue como meter la boca en un melón abierto e hincar los dientes en su centro, y restregarme hasta las orejas en el jugo y en la carne de la fruta. Fue como comerme un melón entero y ser comida por el mismo melón vuelto verdugo. Y fue como tragarlo casi sin masticar, sin matizar o discernir, sin pararme a paladear. Fue el trago más amado, porque me llené de él hasta reventar, y aun reventada no me era suficiente. No había límite ni hambre saciada. Quería y quería y quería engullir y ser engullida. Era Martina la tragasables, la tragafuegos, la tragalenguas. Ensartada hasta la campanilla, invadida y tomada hasta el último aliento. Rematada en el acto.

Cuando finalmente se desanudaron nuestras lenguas desatando a la fuerza el lazo que las unía, y separamos nuestras bocas sin remedio, permanecimos en silencio mirándonos con pudor. La cabeza me flotaba por encima, como si se hubiera desgajado de mi tronco y levitara a la deriva. La ausencia de Damián dentro de mí se hizo un hueco tan palpable que me abismé en él sintiéndome caer por un precipicio cuyo final iba a ser el batacazo del siglo. No quería separarme de él. No se trataba de sus besos y de sus caricias. No era eso. Era su falta por entero. En el fondo, haber sentido su lengua en mi interior poseía para mí otro significado diferente, o añadido, al que el placer de los sentidos imprime en nuestro cuerpo. Damián se daba a través de su boca. O de su mirada. O de sus manos y su lengua. Y se me daba a mí. Yo era la destinataria de sus palabras amorosas, de sus actos físicos. Y aunque no podía acabar de creérmelo, los hechos tercamente se empeñaban en demostrarme que era así. Es decir, mi cabeza me decía que yo no era merecedora de ninguna atención, pero mi instinto me decía al mismo tiempo que Damián centraba su interés en mi persona y que algo lo llevaba a darme afecto, a juntarse físicamente conmigo, a buscarme y tocarme. A hablarme.

—Aunque no lo creas, Martina, no es tu cuerpo lo único que me atrae de ti. Es tu modo de ser. Toda tú. Es tu alma y tu lado oculto. Todo lo que adivino en ti. Es tu extrema sensibilidad, es tu temblor maravilloso. Son tus ojos llenos de intensidad y melancolía. Tal vez no lo entiendas ahora mismo, porque eres muy pequeña y te faltan datos y experiencia. Pero quiero decírtelo para que no lo olvides. Para que un buen día recuerdes mis palabras y te sirvan. Por si en algún momento tienes problemas o te desesperas o sientes que la vida no merece la pena. Por si alguna vez no encuentras nada bueno dentro de ti. No quiero callar esto, porque los silencios a veces son cuchillos con los que matamos a los que más queremos. Porque a veces callar es un crimen infame. Guárdalo en tu corazón.

—Intentaré no olvidarlo, Damián. Es muy bonito.

—Yo por mi parte guardaré tus bragas siempre. Como un tesoro. Ahora debes irte.

—¡No! ¡No quiero!

—No puedes quedarte aquí. Tu padre te está esperando.

—Pero quiero seguir jugando...

—No podemos jugar más, Martina. Este es un juego peligroso que no debe volver a repetirse. He sido débil y sé que tarde o temprano voy a pagarlo. No es tu momento. Debes esperar a que llegue, y mientras tanto, disfruta de tu vida de niña todo lo que puedas.

—Quiero ver tu juguete. Anda...

—No, Martina, de ninguna manera.

—Bueno, pero por lo menos déjame tocarlo una vez más.

Ahí Damián dudó, claro, porque le había puesto el dedo en la llaga. Y nunca mejor dicho. Era evidente que yo aprendía deprisa. Empezaba a darme cuenta de cómo se podía manipular a los hombres. El truco radicaba en no pedir las cosas frontalmente, de manera directa, sino dando rodeos. El hombre suele ser renuente a aceptar lo que se le pide a las claras, aunque eso sea lo que esté deseando con todas sus fuerzas. Debe de ser por miedo a claudicar, a perder su hombría, a quedar atrapado en la cárcel del deseo, a desbocarse. No lo sé a ciencia cierta. Y no digo que Damián, en esas especiales circunstancias, no estuviera movido por razones de mayor envergadura que el ansia de su propio apetito, esto es, una cuestión de ética, para negarme lo que le pedía, pero lo cierto es que en otras situaciones en que no está en juego el deber, el hombre se comporta a veces de igual modo.

En fin, yo lo que buscaba era ver el juguete de Damián, pero ante su radical negativa no me di por vencida y sencillamente lo intenté por otro camino. Desde el primer momento de mi experiencia con Damián en su consulta, percibí que el médico razonaba de un modo que expresaba luego en palabras, pero esos razonamientos, que eran incontestables —no en vano mencionó las palabras «crimen» y «delito»—, se contradecían luego con sus actos. Estaba claro que algún mecanismo interior luchaba contra sus ideas. La vaga idea que podía tener yo a aquella edad del instinto físico me dio la pauta de que debía, sin hablar, acercarme a su cuerpo para conseguir lo que quería de Damián. En aquella tesitura no me valían las palabras, porque para mis palabras él siempre tenía una respuesta preparada que era como una lección aprendida que soltaba de carrerilla. Y por eso le pedí que me dejara tocar por última vez su juguete. Era mi única baza a jugar y él mordió el anzuelo.

—Bueno, Martina —acabó admitiendo el médico mi petición—, pero un segundo y luego te vas, ¿eh?

Asentí con la cabeza y tendí mi mano hacia el frente para tocar lo que yo deseaba. Ahora la carne estaba blanda y me costó un poco más de trabajo identificar sus contornos plenamente. Tanteé la zona a través de la tela, hundiendo mis dedos en la mullida masa que le colgaba a Damián entre las piernas, y finalmente reconstruí a partir del tacto la forma que recordaba que esta poseía cuando estaba dura. Me decepcionó un tanto, lo reconozco, encontrársela flácida. Porque eso significaba que la polla era un objeto voluble y caprichoso, que decaía enseguida. Y como además Damián me había explicado que el juguete funcionaba accionado por mí, el hecho de que hubiera abandonado su erección me hacía sentir torpe e inútil. Dos conceptos —la torpeza y la inutilidad— para los que yo no estaba preparada. No en vano el sentido de mi existencia estaba conformado por mi capacidad para resolver cosas con rapidez, por mi habilidad para realizar tareas con celeridad e inteligencia. Así que obstinadamente me empeciné en devolver su estado de esplendor al pene de Damián, pues se trataba ya de mi propia honrilla personal, que yo sentía estaba en juego a aquellas alturas de la escena. Y no era solo eso, claro, era —de nuevo— el miedo soterrado a perder su interés y su cariño.

Sin saber muy bien cómo ni por dónde, empecé a

agarrar, retorcer, acariciar y presionar, rastreando algún posible resorte oculto que accionara el proceso de endurecimiento y elevación del órgano lacio al que en esos instantes yo me dedicaba con fruición compulsiva. Anhelaba ser maga de nuevo, erigir un monumento a mi destreza en forma de pene enhiesto. Era una novedad que me excitaba; y no solo eso, era también como entrar en Damián por una puerta secreta cuyo acceso no estaba permitido más que a unas cuantas elegidas. Era encandilarlo y tenerlo agarrado a mi mano. Y no hubiera querido soltarlo nunca.

Poco a poco el animalillo que escondía mi adorado médico entre las piernas inició su escalada hacia la cumbre, aumentando y reafirmándose paulatinamente en su celestial ascenso, mientras yo iba percibiendo, fascinada casi más que la primera vez, el proceso. De nuevo me maravilló su dureza a través del pantalón, pero al mismo tiempo yo sentía que no había llegado hasta su último límite de hinchazón y potencia. Damián no rechistaba. Permanecía inmóvil, aunque tenso. Era como un saco de pasiones contenidas. Se había quedado disecado en la postura inicial, con la cabeza gacha y la mirada fija en mí, que yo notaba posada sobre mi nuca pero que ni me atreví ni quise confrontar con la mía. Entonces mis ojos, abiertos como los de un búho cotilla y asombrado, no podían levantarse del lugar donde mi mano perpetraba su plan de ataque, escenario de aquel impresionante espectáculo de encantamiento que yo dirigía con cinco varitas mágicas aplicadas concienzudamente al hechizado órgano de Damián, que pasito a pasito iba saliendo, cada vez más crecido, por la boca de mi chistera.

De todas formas, y a pesar de no saber yo nada hasta entonces sobre el funcionamiento de aquel insólito juguete, intuía que no se acababa allí la gracia de su uso. Y lo mismo que cuando me regalaban una muñeca yo le buscaba las aberturas o un posible botón de arranque que aportara alguna habilidad extra a las básicas y consabidas, intenté la exploración más allá de lo que hasta el momento veía. Quería admirar de cerca, en vivo, aquella polla, mi primera polla. No podía quedarme a ciegas, acariciando ese objeto vendado. Deseaba mirarlo de frente, cara a cara, y tocar su textura, conocer su imagen, calibrar su grandeza.

Inspirada por mi curiosidad, desaboté el ojal de la bata y tanteé la bragueta del pantalón de Damián. Noté la frialdad del metal de la cremallera y la recorrí hasta agarrar la pestaña de bajada, que hizo un ruido de rasgado mientras la presionaba hacia abajo. El agujero que se abrió a mis ojos parecía una boca al revés, dentada, negra y amenazadora. Si quería seguir adelante me vería obligada a meter allí mi mano, y por un momento dudé. No sabía si lo que se guarecía en aquella cueva mordía o daba calambre o tenía autonomía propia. Era como meter la mano en la jaula de una fiera sin protección. Empecé por agrandar el boquete apartando la tela hacia los lados. Asomó una nueva tela, brillante y con aspecto sedoso, de vivos colores y un diseño divertido. Numerosos ositos amarillos con lazo azul al cuello, ordenados en filas, parecían bailar sobre un fondo rojo. La escena me animó, porque pensé que no debía de ser muy fiero el animal que se cubría con semejante atuendo. Así que introduje mis dedos por el hueco abierto y toqué la prenda de seda. El tacto era suavísimo y por detrás de él adiviné la presencia del juguete de Damián, ese ser vivo agazapado tras los ositos, como un ladrón con pasamontañas. Pulsé entonces sobre la carne tapada y surgieron notas más intensas que las que antes de desabrochar la cremallera yo había logrado extraer de aquel insólito instrumento. Me iba acercando cada vez más al núcleo de mi deseo. Yo no me atrevía a mirar hacia arriba, porque buscar el rostro de Damián en aquellas circunstancias hubiera supuesto un riesgo añadido, la posibilidad de que él me apartara de mis investigaciones y me negara la entrada al recinto. Por tanto, no levanté la vista y seguí mi camino pensando que todavía tenía una oportunidad de culminar mi plan mientras el médico continuara sin inmutarse.

Yo sabía que los calzoncillos de tela tenían una raja, porque había visto muchas veces los de mi padre colgados en el tendedero. Y por ese agujero, cuya existencia agradecí en ese instante, introduje mi mano. Lo que hallé en su interior fue increíble. Me topé con una especie de oruga gigante pero sin un solo pelo. Eso lo fui percibiendo poco a poco, conforme iba tanteando el perímetro de aquel singular gusano. Estaba unido a la base por un extremo y se le hacían arrugas y pliegues cambiantes, porque la piel no estaba pegada a la carne, sino que era como un envoltorio finísimo y elástico que se movía con independencia del contenido. Jugué un rato a fruncir y a desfruncir dobleces, subiendo y bajando la piel, arrugándola y estirándola a placer, y observando perpleja cómo los pliegues se deshacían sin dejar marca al llevar hasta el fondo el suave pellejo externo que lo recubría. Tantas veces lo hice que se hinchó como un bollo en el horno; pero, en lugar de esponjarse, al crecer se puso más tirante y sólida, y Damián comenzó a gemir quedamente. Yo me asusté, paré la mano de forma automática e instintivamente miré hacia arriba con una pregunta en los labios: «¿Te hago daño?», le inquirí con voz temblorosa.

—No, Martina —contestó él con tono de levantador de

pesas desfondado–. Justamente haciendo eso me das un inmenso placer. Esa es la magia que pone grande y dura mi polla. El movimiento exacto de tu mano.

Entonces, animada por esa revelación y habiendo comprobado que Damián no sufría de dolor sino de placer, osé sacar el pene por la abertura del calzoncillo, porque estaba tan grande y rígido que acariciarlo dentro de la prenda se me había hecho ya extremadamente complicado, pues se disparaba contra la tela y esta le hacía de freno impidiéndole estirarse del todo. Cuando conseguí que saliera de su cárcel al exterior, el espectáculo resultó de un efectismo asombroso. Fue como abrir una caja de sorpresas de la que sale de golpe un muñeco accionado por un muelle. La oruga gigante en pie de guerra, como un calabacín tieso apuntando al techo, me saludaba alegre y excitada, a pesar de mi terror inicial ante la novedad.

Aquel noble bruto era imponente. Brioso, elegante, altanero y crecido. Y aunque miraba hacia arriba, parecía retarme intensamente, parecía buscarme como un perro hambriento, y en silencio me señalaba acusador haciéndome responsable de su estado.

Miré y miré lo que se mostraba a mis ojos ya en toda su desnudez y esplendor. Pasmada y fascinada. Durante un buen rato permanecí inmóvil, con la mirada cosida a ese rabo que en lugar de salirle al hombre por detrás, como a los gatos y a los perros, le salía por delante y despeluchado. Pero seguía en aquella postura de reto, mástil del barco en el que Damián y yo navegábamos. Esa estaca que le salía de entre las piernas se me clavaba directamente en el centro del cerebro, embotándome las ideas y manteniéndome apresada en su contemplación. Yo había hecho eso. No el objeto, que ya existía de antemano, sino dotarlo de vida, insuflarle el aliento necesario para su pleno desarrollo. Y pensé entonces que entre hombres y mujeres había un lazo más poderoso e insondable todavía que el de compartir a la fuerza el mundo unos con otras. No solo nos éramos necesarios, machos y hembras, sino que nos dábamos algo que nos faltaba para ser enteros. Nos completábamos. De un modo inquietante y sublime. Por la vía del cuerpo, no de la cabeza.

Aquel hallazgo me desbordó. De pronto todo era enorme, la polla de Damián, su cercana presencia, mis sensaciones intensificadas hasta el infarto. Una especie de neblina invisible me cubría las entendederas por dentro y me secuestraba la voluntad. Un zumbido interior, que me impedía escucharme a mí misma, me recorría las entrañas mientras el rabo de Damián me apuntaba obsesivamente a la cara. Yo estaba hipnotizada como un conejo deslumbrado por los faros de un coche, y no podía analizar mis sentimientos. Era una cervatilla enfrentada de golpe al poderío del macho de la manada, asumiendo en segundos el significado de la palabra «masculino» y como contrapartida, mi condición femenina.

La polla de Damián, erecta y al aire, se había convertido en una extensa enciclopedia de mundología genital que súbitamente me enseñaba, en una función de un solo acto, la dependencia recíproca del hombre y la mujer. Porque aunque entonces yo no me excitara sexualmente como lo hacía una hembra adulta, sí que sentía el goce inexplicable de tener ese rabo a mi servicio, como un caballero andante dedicándome su victoria en el torneo, mío y solo mío en aquel instante. Sentía la plenitud de haber cumplido exactamente con mi parte de aquel misterioso contrato. La polla de mi hombre estaba justo donde debía estar. Allí, frente a mí, dura como el titanio, estirada cual palo mayor, gorda hasta reventar. De nuevo sentía consumada, como tantas otras veces, mi compulsiva necesidad de ser hábil a la hora de ejecutar cualquier trabajo, pero con una diferencia. La fuerza de la sangre y del instinto superaba mi habitual deseo de agradar por medio de la obra bien hecha. Ya no era yo complaciendo a un adulto para no perder su afecto, sino que era yo, mujer, yendo a por lo que me pertenecía por derecho de sexo. Porque yo era la dueña de esa erección y al mismo tiempo a mí se me brindaba enteramente. Y no es que fuera hábil como persona, es que era hábil como hembra, hábil para mi hombre y para mí al mismo tiempo.

Y toda la energía que emanaba del pene de Damián se me impregnaba en el cuerpo y pasaba adentro absorbida por mi piel, inhalada por mis poros, hecha jugo de carne masculina para condimentar mis arterias. Era una sensación desconocida e imperiosa, de ser tomada y a la vez integrada, de ser invadida y a la vez complementada. Aunque con la presciencia de saber que faltaba algo más, un paso último y extraordinario que elevara esa sensación hasta las cotas de lo más extremo, que me hiciera levitar a la altura de las nubes, en el cielo de la realidad, y no en su burdo y estéril suelo.

En busca de ese postrer estadio, y ciega de deseo de conocimiento, deshice mi petrificación y retomé aquel objeto vivo. Damián disfrutaba con ello y yo había aprendido que se puede gemir de gusto, así que lo batí con delicadeza. Arriba y abajo, arriba y abajo, buscando que se inflara cada vez más, sin saber a ciencia cierta qué derroteros iba a tomar aquel incesante ejercicio, pero encantada de ver cómo Damián se retorcía débilmente y le temblaban las piernas y emitía una respiración jadeante que le impedía cualquier otra acción que no fuera la de estar absolutamente concentrado en lo que mi mano hacía.

Conforme apretaba y movía mis dedos pude observar más detenidamente los detalles de esa singular parte del cuerpo de los hombres, pues la tensión de tratar de hacerlo bien no secuestraba del todo el espacio de mi curiosidad. Coronaba aquella palanca de carne humana una especie de casquete como un gorrito rematado en un borde redondeado, igual que el sombrerete de una seta de cuento, y justamente en la cúspide se abría un pequeño orificio, que resultó ser una cañería. Lo comprobé de inmediato, pues por ella empezó a gotear un líquido un poco más denso que el agua. No era pis, para mí lo más lógico, pues no le veía a Damián otro agujero por donde pudiera salirle la orina. No. Lo que vertía aquel improvisado grifo parecían lágrimas de anís, un fluido transparente y algo pegajoso. Otra vez me asusté ante esa segunda novedad, porque la bestezuela parecía llorar de pena, pero Damián continuaba sumido en una especie de estado de trance, jadeando de placer, y por tanto seguí a lo mío, sin atender a aquel líquido que iba pringando mi mano y que ayudaba a que esta se deslizara mejor por la piel del pene.

Gracias a aquel llanto, su superficie se mojó por entero y brillaba como recién barnizada. El tono rosado se intensificó de tal forma que en algunas zonas daba la sensación de estar a punto de sangrar, teñidas de un rojo suave, y las venitas de color azul plata que asomaban a través de ese celofán flexible y traslúcido se marcaban cada vez más, amoratadas e hinchadas. Por un momento pensé que aquello iba a reventar y como no sabía cuándo debía concluir mi actividad, seguía masajeando a ciegas, presa del pánico pero incapaz de parar, movida por un impulso autómata.

Justo cuando creía que ya no me iban a llegar las fuerzas para seguir frotando, y con los músculos del brazo casi agarrotados, él ahogó un grito de desenfreno que le quedó trabado en la garganta y por el orificio comenzó a salir un nuevo líquido, esta vez a borbotones. Blanquecino y grumoso, denso como el engrudo, rarísimo. La potencia de salida fue de tal magnitud que me salpicó la cara mientras él musitaba enfebrecido «Sigue, sigue, que me estoy corriendo. ¡Oh, Dios!, sigue, sigue». «¡Oh, Dios», pensaba yo a mi vez, «qué raro es todo esto! ¿Que se está corriendo? ¿Qué será eso...? ¿Qué es este líquido pegajoso?» Todas estas preguntas y mil más me reventaban la mente, sin poder procesarlas, conforme Damián se doblaba hacia delante como si hubiera sufrido un ataque y ahogando un interminable gemido de olla a presión bajo el grifo del agua fría.

Este último movimiento desasió el pene de mi mano y yo me quedé con ella extendida sin saber qué hacer, mirándomela fijamente, tiesa y pringosa, sin utilidad, y hasta provocándome cierta vergüenza. Después se hizo un silencio demoledor. Yo buscaba su mirada, ansiosa de saber, y sin embargo Damián parecía no verme. Se había dejado caer sobre la camilla, y sentado al borde, languidecía de pronto, con la cabeza gacha y los brazos muertos. Configuraba la triste pose de un derrotado absorto que no se atreve a mirar el mundo cara a cara. Notaba yo los churretones de aquel pringue, fríos ya, también sobre mi rostro, pero no osaba ni acercarme la mano a ellos. De pie en medio de la consulta no sabía adónde dirigirme o qué hacer, y me invadió un sentimiento de soledad extraño, como si ya no contara para Damián y hubiera dejado de verme, al tiempo que él semejaba una criatura arrepentida, o lo que es peor, decepcionada.

Si era tan agradable lo que le había hecho, ¿qué lo entristecía tanto? Tal vez yo no había sido lo suficientemente hábil, y ese «correrse» que él decía no había salido tan bien después de todo. Igual no era ese el modo exacto de correrse y con mi torpeza le había frustrado el placer total. Y de todas formas se me hacía rarísimo que un hombre obtuviera satisfacción al expulsar un líquido por ahí. Lo que estaba claro es que al juguete se le habían acabado las pilas y ya no funcionaba más, porque colgaba lacio de su entrepierna, deshinchándose y menguando lentamente, como un globo pinchado que va perdiendo su volumen para al final quedarse en la pura arruga.

Un golpe de nudillos en la puerta nos hizo saltar de espanto.

–¿Sí? –masculló Damián como pudo.

–Doctor –se oyó la voz de la enfermera al otro lado–. Ha llegado su mujer. Está en la sala de espera con el señor Iranco.

–De acuerdo, Silvia, no me queda mucho. Dígales que enseguida acabo.

Al terminar la frase me miró por fin. Fija y detenidamente. A los ojos. Su rostro cambió de desencajado a dulce en una décima de segundo. La mirada que me dedicó entonces fue de la más amante ternura. Se le enturbiaron y empañaron las pupilas de un líquido harto conocido para mí. El preludio de una lágrima brillaba en sus pestañas. Nunca había visto a un hombre maduro llorar. Y nunca sentí la tristeza tan hondamente como a través de los ojos de Damián, cuando acabó por escurrirse su llanto por la cara.

–¿No te ha gustado? –le pregunté aterrada.

–Ha sido lo más hermoso de mi vida, Martina –respondió él quedamente.

–Entonces, ¿por qué lloras? –insistí.

–Aunque parezca extraño, lloro de felicidad –explicó

78

Damián–. Y también de pena, porque esto no debería haber ocurrido.

–¿Por qué?

–Ya te lo he dicho antes. Porque entre nosotros hay una barrera de prohibición. Tú eres menor de edad y yo soy demasiado mayor para ti. Solo eres una niña, Martina. Esto no es para ti. Jamás debí permitirlo. Soy un monstruo.

–Tú no eres malo. Eres mi héroe, Damián –afirmé rotundamente, sin entender la actitud negativa del médico y su reacción contradictoria de pena y felicidad al mismo tiempo.

–No soy un héroe sino un villano. Algún día lo entenderás y me odiarás por ello. Llegará un día en que me despreciarás por lo que ha pasado. Ojalá pudiera dar marcha atrás...

–Yo no te odiaré nunca. No podría.

–Me temo que estoy enamorado de ti, y me siento ridículo.

–¿Qué es estar enamorado?

–Estar enamorado, Martina, es querer a una persona más que a nadie, y no dejar de pensar en ella en todo momento, y desear su bienestar y su placer, y obtener la felicidad solo con estar a su lado. Es amar su cuerpo y su alma. Y buscar su conversación, y su risa, y su boca, y muchas más cosas que tal vez ahora no entenderías.

–¡Qué bonito, Damián! Yo también estoy enamorada de ti. Te quiero más que a nadie en el mundo.

–Lo sé, Martina, y eso me asusta.

–¿Por qué? –volví a repetir.

–Porque no puedo protegerte ni estar a tu lado, ni puedo vigilar tu felicidad como querría.

–Pero tú eres amigo de mis padres, y muchas veces vienes a casa...

—Ya, lo que pasa es que voy a tener que dejar de ir.

—¡No! ¡Por favor!

—Es mi deber, cariño. Es posible que ahora te duela y no comprendas mis razones, pero algún día entenderás que era mi única salida digna y honorable, si es que esos calificativos me pueden todavía ser aplicados.

—O sea, que ya no me quieres.

—Sí, por eso mismo. Te quiero demasiado, pero nuestra relación es imposible.

—No entiendo nada. Vas a dejar de verme porque me quieres demasiado. Es injusto y raro.

—Sí. No siempre es justo lo que ocurre en nuestra vida, ni siempre es comprensible a los ojos de la lógica. Pero debes confiar en mí. Es lo mejor. Ya he tomado mi decisión y no puedo echarme atrás.

—No me dejes sola. No te vayas, Damián. No quiero ir con mis padres —imploré llorando, incapaz de contener el dolor de aquella cruel y absurda despedida.

—No te abandono, Martina, me voy porque es lo mejor para ti. Siempre estarás en mi corazón. Y recuerda esto: eres una persona hermosa, por dentro y por fuera. Estás llena de encanto, de inteligencia y de belleza. Y tu cariño es un tesoro que puede hacer feliz a los demás. No lo pierdas nunca. No dejes de ser como eres, por más que la vida te haga sufrir. No dejes de ser bella y tierna, amorosa y risueña.

Y diciendo esto, Damián se dirigió a mí, me tomó entre sus brazos, me alzó del suelo y me dio un beso de mariposa en la boca. También me secó las lágrimas con sus caricias hasta que acunada en su amante regazo me tranquilicé.

Después, Damián abrió la puerta de la consulta y me puso en manos de mi padre. Le dijo que ya estaba curada. Jamás volvió por casa. Jamás lo volví a ver.

LA MENTIRA MÁS HERMOSA

Nunca olvidé a Damián. Durante años me acompañó su recuerdo. Aunque entonces no lo supe, y aunque tardé mucho tiempo en darme cuenta, él había puesto una semilla en mí que a la larga acabaría por madurar y dar su fruto. Pero, mientras tanto, el sentimiento de abandono era la herida constante que atormentaba mis días. Acabé por asumir que yo estaba condenada a la soledad, y que nadie permanecería junto a mí más allá de unos pocos encuentros. Aprendí que la vida con los demás era un toque efímero, y que cuanta más intensidad consiguiera sacarle a esos esporádicos y brevísimos chispazos de intimidad, más sentiría que tenía razón de ser estar viva. Mi existencia se convirtió entonces en una búsqueda ansiosa y frenética de momentos sublimes, para luego soportar los interminables días de vigilia afectiva rememorando aquellos intercambios fugaces que me permitían conectar con la pasión que me escocía por dentro. De este modo me veía sostenida en el vacío, sobre el débil alambre de las emociones, facturándome riesgos continuos, dando por sentado que las descargas de pasión me eran necesarias para dar sentido a la existencia, pero al mismo tiempo no eran la vida misma, sino instantes robados que no me pertenecían ni siquiera en el momento exacto de su ejecución.

Y también aprendí que la felicidad es un dilema entre dos mundos. Uno exterior, donde buscamos la aprobación de los demás, y otro interior, donde se cuecen los instintos, donde late el deseo auténtico. A mis ojos, ambos mundos estaban irremediablemente enfrentados y debían vivirse por separado. Incapaz de juntarlos, yo saltaba de uno a otro girando como una peonza desquiciada, y cada vez los disociaba más, aceptando tácitamente su escisión maldita. Durante años viví trampeando el atormentado frenesí de mi trastienda afectiva, desfogándolo bajo el manto de la ocultación, al tiempo que en la superficie interpretaba la pantomima más perfecta —eso creía yo— de mi propio papel de mujer integrada ejemplarmente en la sociedad.

Porque había crecido realmente convencida de que lo que yo llevaba dentro era oscuro, morboso, infame, digno de ser repudiado. Y que mi necesidad de perdurar en el corazón de alguien, de ser amada y comprendida y recordada para toda la eternidad, era un lastre indigno con el que yo cargaba sin remisión, sin poder arrancarlo de mis entrañas. Porque yo no tenía derecho a ese premio, frente a otros que sí lo tenían. Y al no tener derecho a ello, era absurdo que lo anhelara; era incongruente que no aceptara esa realidad incontestable. Pero algo en mi interior me impedía renunciar de una vez por todas a ese espejismo. En el fondo de mi alma latía la sombra de la esperanza. Había algo para mí, en algún lugar desconocido, tal vez en otra vida. Tener conciencia de eso me hacía sufrir y al mismo tiempo me daba fuerzas para continuar existiendo. Y se lo debía a Damián, quien, aun cuando había salido huyendo de mí, me dejó su huella en la piel del corazón.

Una botella lanzada en mi corriente sanguínea con el mensaje del amor tocado con las manos y perdido por el camino.

Y mientras tanto, no pudiendo acallar ni borrar de mi interior la búsqueda del contacto íntimo, ese que había probado con Damián, me dediqué a recorrer la cara oculta de la Tierra tratando de recobrar lo que me había sido robado, aunque solo fuera en una mínima parte, pues no podía soslayar la urgencia vital de querer hacerlo.

Pero esa era mi lucha secreta, la que no se puede compartir con nadie, la que no se puede revelar sino a uno mismo, porque yo sentía que, de saberse mi historia, de conocerse mi necesidad, estaría a merced de mi debilidad más manifiesta. Intuía que podría haber sido destruida con tan solo pedir a alguien que me amara. Sería avergonzada, pateada por cien búfalos rabiosos, pasada por la quilla, escarnecida, ridiculizada. Sería dolorosamente castigada si exponía al mundo que, en realidad, a mí lo único que me importaba era volver a ser para un hombre lo que yo había sido para Damián.

Y si el amor no era para mí, porque nadie me enseñó a ganármelo, porque nadie me enseñó a pedirlo o a merecerlo, porque solo me fue regalado en un instante para luego evaporarse como había venido, si el amor no era para mí, me quedaba el sexo. A través del sexo conseguía al menos el acercamiento a otros cuerpos; ese momento de intimidad que proporciona el contacto erótico era para mí lo más parecido a poseer a alguien afectivamente, aunque solo fuera por unos minutos o hasta por unas horas. Lo que tiene de mágico el sexo es que cuando se practica hay una posesión recíproca. Y por más que el otro tenga novia, o amante, o esposa e hijos, allí no está ni su recuerdo cuando uno se entrega a las caricias del presente. El sexo requiere concentración, y responde a un impulso genital incontrolable. No caben más de dos cuando un hombre está penetrando a una mujer. El sexo es un rapto de locura que durante su disfrute aleja de la realidad cotidiana, borra momentáneamente del cerebro los datos familiares y olvida a los seres queridos. Todo lo que uno es, excepto el deseo carnal, queda suspendido, como un saco de nubes por encima del cuerpo, mientras se folla. Y entonces el otro cuerpo es la única frontera a traspasar, la única región a explorar durante el acto. El punto álgido del orgasmo provoca por unas décimas de segundo la desconexión total de la mente. Nada existe durante el clímax, tan solo la subida brutal del placer, y ese placer pertenece a quien lo da, no a la novia o la esposa, sino a la prostituta que realiza el servicio, o a la amante de turno, o en mi caso, a mí misma.

Esa verdad la aprendí con Damián cuando aquella tarde lo masturbé en su consulta. Fue mi primera paja, la primera lección sexual con contenido enciclopédico explícito, pleno de sabiduría práctica. Mientras su mujer estaba fuera, esperando junto a mi padre al otro lado de la puerta, yo poseía el deseo de Damián, yo le daba salida y yo lo satisfacía plenamente. Él era mío entonces. No para toda la eternidad, pero sí para ese instante que representaba lo más parecido a un chute de eternidad, aunque concentrada en el ojo de una aguja. Y a partir de ese momento lo que yo perseguí fueron esos finitos instantes infinitos de posesión del otro. Lo que Damián me hizo comprender aquella tarde fue que uno no se hace útil o habilidoso para complacer a los demás sencillamente porque sí, porque es un mono amaestrado haciendo lo que los otros quieren, sino que complaciendo a quienes nos importan cumplimos nuestra propia necesidad, por más insana o tortuosa que esta sea. Y lo mismo que yo me había esforzado en ser una diestra bailarina o una mañosa retratista, o en ser una estudiante sobresaliente, me iba a especializar después en hacer buenas pajas o en dar buenos besos de tornillo, o en follar magistralmente. Para ganarme el sustento de mis instantes de eternidad robada, para poseer durante un mísero pero bendito lapso de tiempo a quien estuviera conmigo. Para detener el reloj con la fuerza de mi mano aferrada a una polla. Dando placer físico a cambio de la inmortalidad fabricada a base de esporádicos encuentros íntimos. Un simulacro de vida afectiva, la representación teatral del amor, basada en la mentira más hermosa.

EL ORIGEN DE LA CAZA

Todo empezó... no sé decir cuándo. Después de Damián, claro. Mi infancia quedó rajada de parte a parte por un hito cronológico concreto: antes y después de Damián.

A Damián se lo tragó la tierra. Un día en que se me ocurrió preguntar a mis padres cómo es que ya no venía por casa, esforzándome en impostar mi más convincente tono de inocencia infantil, fui respondida con una explicación asombrosa unida a un mohín de desdén plasmado en el rostro de mi madre. Se había ido a Bombay a trabajar en Médicos Sin Fronteras. Y cuando pregunté por su mujer, aquella señora de sonrisa permanente, se me respondió con otra explicación inesperada más una mueca de abierto disgusto. Damián se había divorciado de ella antes de largarse a la India.

En fin. Volviendo a aquella tarde de la consulta, lo que yo sentí fue un tanto desconcertante, sobre todo porque Damián era muy grande. Era de talla extralarga, y me venía enorme. El hecho de que fuera un gigante me resultaba gratificador, porque me sentía protegida por sus anchas espaldas y su amplio regazo, pero su polla gorda y larga me impuso demasiado respeto como para considerarme a la par con él. Su inmensidad me superó y viví aquella experiencia en mitad de una tormenta de turbación, donde todo era una densa nebulosa que me abducía por completo y que me impedía hacerme realmente consciente de lo que me estaba pasando. Aturdida y mareada de la impresión regresé a casa sin acabar de creerme la escena, rascándome algunos restos de pegotes resecos de semen que Damián se había dejado al limpiarme apresuradamente. En la parte trasera del coche mojaba los dedos con saliva y luego frotaba las costras de mi cara mientras mi padre conducía rumbo al hogar. Llevaba un lamparón en la pechera del vestido, pero quién se iba a imaginar de lo que era. El semen reseco, en contacto con la humedad volvía a revivir, y se rehacía en una pasta gomosa que sabía extraña. ¿Para qué serviría? Me parecía asombroso y fascinador, y cada vez que recordaba el chorro de líquido blancuzco saliendo de aquel agujero me turbaba más y más.

A los pocos días, no sabiendo todavía que Damián se había esfumado para siempre, pero intuyendo, por sus últimas palabras, que jamás regresaría, decidí embarcarme en una nueva aventura por mi cuenta. Era el día de mi noveno cumpleaños, y como había sido buena, mis padres me ofrecieron lo que yo quisiese, aunque dentro de un orden, claro. Yo pedí disfrazarme de mayor, y mi madre, aceptando mi capricho sin problemas, me dejó escoger en su armario las ropas que me apetecieran. Me probé innumerables prendas y finalmente me decidí por un top muy escotado, negro y de lentejuelas, que me quedaba de vestido mini, y unos zapatos abiertos de tacón de aguja sin talón que me sobraban varios centímetros por detrás. A esa vestimenta añadí un largo collar de perlas y varios toques de maquillaje que consistieron en unos labios de rojo flor de pasión, rímel en las pestañas y colorete en las mejillas.

Con todo el ajetreo de disfrazarme se me olvidó ponerme bragas y salí corriendo, excitadísima, a mostrarme a mi padre, mientras mi madre quedaba rezagada en la cocina hablando con la asistenta.

Él en principio se quedó perplejo. No daba crédito a lo que estaba viendo. Yo me planté en mitad del salón, delante de sus ojos, y comencé a dar vueltas y a mostrarme insinuante como las mujeres de las películas, aunque de manera torpe y atropellada. Me movía de un lado a otro, contoneando las caderas y subiendo un hombro u otro, de tal forma que a cada movimiento se me subía el top y me dejaba el coñito al aire o el culo al descubierto por detrás.

Mi padre no decía nada. Tenía la mirada fija en mí y las pupilas como platos, pero ni una sola palabra salía de sus labios. Después de un rato de hacerme la interesante, poniendo boquitas y dejando caer las pestañas de modo sugerente, en plan mujer fatal, me harté de que mi padre no dijera nada y corrí entonces a sentarme en sus rodillas. Abrí los muslos y de cara a él me senté a horcajadas sobre una de sus piernas. La presión de mi cuerpo y el contacto de mi pubis desnudo con la pierna de mi padre me hizo sentir placer y comencé a frotarme contra el pantalón, bailando sobre él de un lado a otro. Luego, como en un acto reflejo, pensé que mi padre esperaba algo de mí, y que por eso no reaccionaba. Así que como el rayo alargué mi mano y le agarré el bulto que sobresalía en su entrepierna. Descubrí encantada que a mi padre también le pasaba lo mismo que a Damián, porque su pene estaba duro como una piedra. De nuevo la magia se había operado por mi mano y esta venía a ser mi segunda experiencia para la colección. Acaricié unos segundos el juguete y cuando ya estaba yo intentando desabrochar el primer botón de su bragueta, mi padre se levantó súbitamente y me dejó caer sobre la alfombra. El tortazo que me di todavía me duele al recordarlo. Pero no fue nada comparado con lo que ocurrió a continuación. Mi padre se agachó, me cogió fuertemente la mano y me levantó del suelo en volandas. Me puso sobre suelo firme, de pie, frente a él, y acto seguido me dio una bofetada rabiosa que resonó en toda la casa.

–Te lo dije, te dije que eso no se hacía. Ahora vete a tu cuarto y te quedas sin celebrar tu cumpleaños. Para que aprendas. A mí no me vuelves a desobecer. Te lo advierto. Conmigo no se juega.

Su reacción me cogió tan desprevenida que no supe obedecer sus órdenes. Me quedé allí inmovilizada, con un rastro de escozor en la cara debido al bofetón y sumida en la mayor desorientación mental. No dejaba de mirar a mi padre buscando la razón de su rabia, pero él parecía estar blindado. Ninguna pista esclarecedora asomaba a su expresión de desorbitado enfado. Con los gritos acudió mi madre al salón y preguntó qué pasaba. Mi padre le dijo que ya se lo contaría, y que la gravedad de lo que yo había hecho era tal que merecía un contundente escarmiento.

Ella me cogió de la mano y me llevó a mi cuarto, donde me dejó sin una palabra. Yo no podía ni llorar, incapaz de entender lo ocurrido. El dolor era tan grande que no podía romper por ningún lado, y se quedó dentro de mí, como una alimaña desangrándome sin herida a la vista. La huella de la bofetada quedó inmediatamente solapada por mi angustia de no saber, por el espanto de haber sido rechazada de aquel modo por mi padre. Sentía un abandono inconsolable y un desconcierto que me invadió por completo y que jamás pude olvidar o expulsar de mi interior. Quedé anonadada, sin explicaciones, sin norte. Mis últimas conexiones afectivas, que yo había intentado reavivar tratando de darle placer a mi padre y creyendo que lo iba a hacer feliz, se volatilizaron presas del rechazo, de la humillación y el desprecio con que él me acababa de pagar. Nunca se justificó ante mí ni me volvió a tocar, y a partir de ese momento su discurso se convirtió en una suma de alusiones veladas a las normas morales por las que debe una mujer regirse para vivir en sociedad.

Yo, por mi parte, decidí que donde la esterilidad impedía crecer la hierba era inútil regar o abonar el campo. Conque abandoné de plano mis vanos intentos de ser agricultora y me eché al monte, yo sola, en busca de la caza para mi sustento. Desde entonces vagué por la vida sin ataduras, salvaje y con el corazón mutilado. Pero siempre por detrás, a escondidas, para volver a casa a la hora convenida y aceptando las leyes de mis padres, impostando un comportamiento modélico y rigiéndome en apariencia por las normas morales que la civilización ha dictado para la mujer.

EL BESO Y EL HAMBRE

Desde que mi padre, con una erección en la entrepierna, me abofeteara en el salón de casa, su imagen se me difuminó considerablemente y pasó a ser para mí aquel a quien yo debía demostrar por mis actos que era merecedora de seguir viviendo bajo su tutela. Era como un censor que me pasaba revista a diario, y acabé acostumbrándome a ese examen, a sabiendas de que yo no era lo que representaba a sus escrutadores ojos. El engaño entró a formar parte de mis días como un elemento más, necesario para mi supervivencia, mientras la vida latía fuera con una intensidad gritona, a llamaradas de seducción, pronunciando mi nombre tan claramente que yo no podía, ni quería, desatender sus requerimientos. En realidad, la culpa la tenían ellos, mis padres, por haber estimulado el desarrollo de mi inteligencia. Cuando te despiertan a bofetadas, y te ponen mirando al mundo, cuando te enfrentan a él y te mandan a explorarlo, a pelo y sin escolta, cuando te hacen depender de tu autosuficiencia y de tu ingenio, ya no puedes parar. Y no solo estudias química o latín con ahínco, sino que todo, absolutamente todo, se convierte en materia de investigación. Porque no hay límites ni fronteras que no desees traspasar a lomos de tus imparables ansias de conocimiento.

Careciendo de ataduras afectivas, asilvestrada y curiosa, e iniciada por Damián en los placeres carnales, me entregué a partir de ahí a escrutar el mapa de los tesoros encerrados por el cuerpo humano, para irlos desenterrando poco a poco. Aparte de frotamientos de todo tipo que uno vive en la infancia sin enterarse realmente de lo que está pasando, mis primeros contactos sexuales conscientes me los había proporcionado Damián. Es cierto que yo sentí entonces el poder de mi magia haciendo eyacular al héroe de mi vida. Pero de nuestros encuentros físicos, lo que más consiguió impregnar de deseo mi sensibilidad corporal fue aquel largo beso que nos dimos sobre la camilla.

Fue el beso lo que más me gustó, en parte porque se me reveló como una práctica muy sutil y delicada, dulce y suavísima, y en parte también porque había logrado emocionarme. La saliva de Damián hizo el milagro de pegar momentáneamente los fragmentos de mi corazón despiezado, dejando así un regusto de extraña felicidad sentimental en la memoria de mi piel.

Por este mismo motivo, siempre le he dado muchísima importancia a ese toque de los labios en la piel del otro, y de este modo vino a ser mi objeto de estudio predilecto. La práctica más placentera que mi cuerpo podía, y puede, obtener del contacto con otra persona. El beso devino en protagonista de mi infancia, de mi adolescencia, y sigue siendo la tarjeta de presentación de cualquiera a quien yo pueda valorar para algo más «profundo», físicamente hablando.

La boca está a la intemperie. Se nos ve a todos. Es la única herramienta sexual a la vista. Bien, los fetichistas del pie podrían decir que en verano las sandalias dejan a la vista esos miembros tan cotizados por su lujuria, pero el pie por sí solo no puede realizar actos obscenos. Su movilidad es limitada, y más bien recibe que da. Sin embargo los labios son motores siempre en marcha y, callados, dicen tanto de sus dueños como, conversando, puedan relatar las más sorprendentes aventuras. Una buena boca es un paraíso por explorar. Y además marca el límite. Después de besar en la boca a una persona, cuando se ha traspasado el umbral de los labios de otro con los propios labios, se abre la veda, se otorga el permiso para ir mucho más allá, para llegar al fin de cualquier otro agujero que el cuerpo nos presta para su disfrute. Es la firma que declara que puedo hacer con el otro todo lo que sueño, que me puedo perder en él enteramente. Y mientras no se besa a alguien de forma tan íntima el deseo permanece larvado, en conserva, improductivo, causando estragos de frustración y ansiedad.

Pero besar es un arte. Y en un comienzo, cuando empecé a besar sin tasa, de manera obsesiva, mis besos eran como bocetos de una escultura apenas diseñada. Eran golpes de carne, masa informe de lengua mezclada con otra lengua, como si alguien metiera en mi boca una boa enroscada y yo sintiera su inmenso volumen y el roce inaudito de sus escamas amplificando las mías. Así fueron mis primeros besos con lengua. Y tardé varios años en descubrir ese otro sabor de los besos, la dulcísima suavidad de una boca anhelada, la saliva caliente que, como un interruptor fascinante, segregada por mí y por el otro, pone en marcha el calambre sublime del deseo total, recuperando el añorado sabor de Damián.

Pues bien, mis primeros besos fueron fruto de un juego. El de la botella, claro. Y tal vez por eso para mí el sexo siempre ha formado parte de un ritual lúdico. El único juego interesante. El más atractivo. Porque yo he jugado poco en otros sentidos. Mi vida ha sido seria, tan seria que me da miedo pensar en ello. Desde pequeña el mundo se me ha representado como un espacio de supervivencia, un lugar en el que yo debía comportarme de un modo predeterminado, sin salirme de unas fronteras marcadas por lo correcto. Ser útil en términos de productividad. Todo acto medido en función de lo que se puede sacar a cambio. Y el rechazo más absoluto por aquello que se hace sin la espera de un fruto tangible, sin resultado de ganancia alguna. Por eso me gustaba tanto jugar a la botella, porque era un juego que otorgaba premios al momento. Era la lotería de los besos. Hacías girar el casco vacío y finalmente, después de pocas o muchas vueltas, y de pocos o muchos turnos, la boca de cristal te señalaba como el receptor o el emisor de uno o varios besos, en los labios o con lengua. También me gustaba especialmente por otro motivo. No había que pedir nada, no había que demostrar que se deseaba algo de una persona concreta, porque las propias bases del juego obligaban a cumplirlo a rajatabla sin que a uno tuviera que vérsele el plumero de su necesidad de besos. La botella era como una estricta gobernanta, y al mismo tiempo era el destino materializado en un envase. Ser el juguete del azar era un placer que me excitaba muchísimo. Sentirme irremediablemente forzada a besar, o a ser succionada por una boca nunca antes probada, sin posibilidad de rechazo, me llevaba al terreno del descontrol controlado. Otro punto clave de los principios, rasgos y normas, que ya a los once años dibujaban mi personalidad. Porque yo necesitaba, es más, exigía de la vida que todo estuviera bajo el más estricto control. Y si una situación que se desarrolla dentro de los límites de las reglas más estrictas permite que surja lo inesperado, eso mismo me resulta especialmente gratificante, justo porque no pertenece a lo estipulado de antemano. Es decir, tengo el permiso tácito de disfrutarlo sin problemas de conciencia porque no estoy contraviniendo la norma, sino acatándola hasta sus últimas consecuencias.

Así pues, la botella era mi válvula de escape, la huida del control que gobernaba mi existencia, y yo me deleitaba obedeciendo ciegamente al frasco cuando me señalaba con su boca acusadora. Me entregaba a los labios de quien me hubiera caído en suerte sin plantearme otras consideraciones de índole estética. Podía ser el más feo del grupo, podía tener la boca más repugnante, que yo cerraba los ojos y abría el buzón de mi deseo para dejar pasar su lengua viscosa al interior de mi cavidad enfermiza. Una lengua que se comportaba como un animal rabioso dentro de su jaula, y que parecía lanzar babas cual mecanismo de defensa ante una práctica forzada a mostrarse delante de múltiples ojos reconcentrados, que observaban a sus víctimas sin perder un solo detalle de aquellos impúdicos besos.

Yo no hacía ascos, como otras colegas de mi edad, a ninguna lengua de varón, poniendo ante el tablero de la aquiescencia un canon de selección premeditada. Y creo que no lo he hecho nunca. Siempre que una boca me ha solicitado, he dado mi consentimiento alegremente. Bocas de gordos, viejos, poco agraciados. Ya desde la infancia presentía que mi boca formaba parte de mi cuerpo para algo más que para facultar la entrada de comida o bebida a mi organismo. Sabía que tenía otra función, y más excelsa. Por ese lado iban los tiros de mi exigencia de belleza. Porque yo soy exigente en grado sumo, pero de magnitudes de intensidad, no de hermosuras descafeinadas, no de lenguas exquisitas pero frías e inertes. Y creo que lo que yo buscaba cuando ofrecía mi boca a quien la quisiera, cuando me dejaba meter cualquier lengua de cualquier ser humano, era sentirme ferozmente poseída. Que me sellaran los labios para acallar toda voz o todo grito en mi garganta, llenándome con el cemento mojado, dúctil y vivo, de un órgano largo, grueso, como plastilina chorreante entrando a presión en el molde de mi boca. Y esa posesión a la que me veía sometida con encantadora placidez, pero con una excitación loca, en realidad era mi entrega más anhelada. Porque yo no solo me dejaba, sino que ese dejarme era una actitud no fofa por mi parte. Era un dejarme militante. Yo lo vivía con la tensión de todos mis músculos en estado de alerta, y adelantaba la barbilla, levantaba la vista lánguida pero férreamente, con un deje insinuante, imperceptiblemente retador, seduciendo a la perforadora humana que se acercaba a mí con tímidos pasos. Estoy aquí para que me beses, para que me ensartes tu lengua, amigo, para que me dejes, una vez más, probar lo que se siente con un pedazo de carne que no es mío llegándome a las amígdalas. Y no pensar. Dejar los hilos de la razón desconectados por ese tiempo justo del abrazo de tu lengua a mi paladar, a mis dientes, a todo. Y quería, a cualquier precio hubiera querido, quedarme dentro esa lengua de por vida, la de ese o la de otro, todas las lenguas en mi boca. Siempre llena, glotona e insaciable. Llena, llena.

Por supuesto, llegado el momento de decidir el número de besos —la opción iba del uno al veinte—, o el tipo —en los labios o con lengua—, en toda ocasión yo pedía el máximo, aun sin saber quién iba a ser el elegido por la botella. Y en eso sí me definía diferente a aquellas de mi mismo sexo. La mayoría se mostraban pacatas y remilgadas, y optaban por dos o tres en los labios, mientras que yo iba a por todas, y cada vez que el juego me premiaba, deteniéndose el envase frente a mí, yo me llevaba el premio gordo: veinte y con lengua, sí señora.

Y a mis ojos, la belleza era igual a la intensidad, la belleza era igual al presente, igual a sentir la posesión y la entrega durante el instante mágico, tan rabiosamente real, de entrada de lenguas en mi boca. La belleza era igual a dejar caer mis párpados y ciega recibir a cuantos me hicieran el regalo de meter su salivante órgano en mis fauces de pantera. De tal manera que, en algunas ocasiones, el juego terminaba en mis manos, y el resto acababa oficiando un ritual obsceno por el que yo, al final única dama al servicio de los miembros masculinos del grupo, iba siendo premiada por todos, uno detrás de otro, veinte y con lengua, en una orgía de bocas que ya no distinguía, con los labios inflamados por el roce, llena de babas manifiestas, empapada en fluidos y extasiada ante el poder de mi boca, que llamaba a mis caballeros a comerme, a morrearme, a lamerme, a succionarme. Que los ponía a mis pies literalmente, porque se arrodillaban ante mí, tan galantes, tan entregados y sumisos esperando su paga, y después de meterme su lengua, tras el restriegue conveniente, algunos embistiendo como toros salvajes, torpes y desmañados pero tan ansiosos que compensaba recibirlos, volvían la espalda y caminaban en busca de un hueco algo alejado donde rumiar lo sentido. Y en mi abandono unido a su abandono, yo me veía de igual a igual, buscándome en su rostro, haciendo de su lengua un espejo de la mía, entrechocando pieles empapadas y poros supurantes, ganglios abultados y terminaciones nerviosas, brindando por tener ese aparato hinchado y magro entre mis dientes.

Después de la batalla, cuando ya no quedaba lengua virgen en aquel juego, cuando mi boca era ya un charco deshecho y yo no sentía más que el recuerdo vivo de cien-

97

tos de serpientes moviéndoseme por dentro, paladeaba todavía esa presencia ajena en mi interior, lo que hacía que
yo no fuera solo yo, sino yo más los otros. Y curiosamente
conseguía, en insólita paradoja, ser de verdad yo, o sentirme yo como en ninguna otra circunstancia de mi vida.

Pero esa sensación duraba poco, o no lo suficiente
como para no volver al abismo de la realidad sin besos, como para no observar las caras de mis amigas, que
habían permanecido al margen, mirándome con gesto entre admirado, un poco huraño o de censoras en potencia.
No comprendían lo que yo experimentaba. Mis lazos con
los otros a través de la saliva. Ese vínculo absoluto que
únicamente se crea besando a los demás. Porque en el
beso –aunque esté lleno de lascivia, aunque sea robado;
por sucio, oscuro o negro, infame o repugnante que se
juzgue– está la base de nuestro instinto animal más puro.
No creo que haya nadie que besando no sea sano o bueno
o respetable. Un criminal, besando, es menos criminal.
Un tonto, entregado a los besos, de golpe adquiere inteligencia. Un ser humano cualquiera, sin su ración de besos,
se marchita a la larga, se difumina o se pierde entre la
niebla. Se seca inútilmente. Y así las chicas se perdían lo
mejor de aquel juego, y al mismo tiempo su escrutadora y
crítica mirada me iba desarropando poco a poco de mi
capa de besos, me desnudaba de mi placer y me enfrentaba a la soledad de nuevo. Me desangelaba y desamparaba
más que si me hubieran abofeteado y lapidado los chicos.
Me quitaba lo que era mío, lo que me había ganado a pulso con la fuerza de mi necesidad, y convertía mi grandioso
acto de fe, mi entrega pura, en un chabacano espectáculo
de porno infantil. Mientras que el sentimiento de culpabilidad se apoderaba de mi conciencia, como una nueva serpiente –esta vez asfixiante y viscosa– acordonando lenta,

machacona y opresivamente, con una pátina de deshones-
tidad y vergüenza, mis incipientes experiencias sexuales
con los hombres.

De esta forma el tiempo se convirtió, durante años,
en largos días de espera entre beso y beso. Tal vez por eso
no recuerdo mi infancia, más que en el paso de las lenguas
por la mía. Porque la vida solo tenía sentido cuando mi
boca era lamida por otra boca.

LA RAJA DE LIMÓN

Por supuesto, y aunque yo había entrado por la puerta grande del sexo, no me privé de la iniciación sexual clásica. Entré en los circuitos eróticos más convencionales y propios de mi edad, pues eran los únicos que estaban a mi alcance. Así, jugué a los médicos con mis compañeros de colegio. Miré y toqué todas sus entrepiernas y me dejé tocar y mirar la mía. Pero los penes de los niños de mi clase eran gusanitos juguetones y flácidos, como dedos meñiques sin hueso, que no reaccionaban ante mis masajes, que no se hinchaban y que jamás crecían o se endurecían como el de Damián o el de mi padre. ¿Cómo explicarles que yo había jugado a los médicos con un cirujano de verdad, el cual no solo tenía la carrera de medicina sino un diploma de experto en aquel juego? ¿Cómo hacerles saber que los médicos reales tienen un pito enorme que sube hacia el cielo reventando el calzoncillo y que luego escupe lava como los volcanes en erupción? Jamás me hubieran creído, y yo guardaba mi secreto en silencio, en espera de poder compartirlo con alguien iniciado en la materia, y sintiéndome una elegida entre los ignorantes.

Aparte de los frustrantes encuentros con aquellos

aprendices de doctores, y de la contemplación de las rajitas de mis amigas, que eran como la mía, más o menos, asistí a los doce años a la revelación máxima, el último eslabón de la cadena del sexo. Por fin supe que el juguete de Damián tenía otras vías de explotación que no me había descubierto aquella tarde.

Nicolás, hijo de un español y una noruega, trajo un día de su casa una revista extranjera llena de imágenes. Nos la enseñó en el recreo, escondidos tras un montículo donde un enorme tubo de desagüe moría a la intemperie. En realidad, era una historieta sin palabras y todos los protagonistas tenían el pelo tan rubio que parecía blanco. En la primera página, un tipo vestido de cardenal estaba rodeado de mujeres vestidas de monjas con hábitos fucsia, todos en posición de orar. En la siguiente, las mujeres desabotonaban su interminable sotana y dejaban al aire la desnudez de aquel hombre, que no llevaba nada debajo y tenía el rabo tieso. En la siguiente se desnudaban ellas. Después le chupaban la polla varias a la vez y él agarraba sus tetas espachurrándolas fuertemente. Luego él aparecía con su polla dentro del coño de una de ellas, desde diferentes ángulos. Más adelante, una vista de la polla entrando dentro de otro agujero de monja, que dedujimos era un culo porque se veía el coño abierto al lado. Y finalmente se podía ver el famoso chorro blanco saliendo de la polla, petrificado en la foto y cayendo sobre la cara de una de las monjas, que tenía una expresión entre alegre, pasmada y hambrienta mientras abría la boca como un buzón de correos y sacaba una lengua de serpiente.

Aquella visión fue demasiado para nosotros y nos volvimos para la clase cabizbajos al término del recreo, con el cerebro lleno de semen y vergas y coños y tetas y culos, incapaces de asimilar en su auténtico significado el contenido de la revista.

Supongo que yo era la más asombrada del grupo, aunque nunca llegué a contrastar con los demás la información experimental que guardaba en mi poder. En primera instancia me sentí traicionada por Damián, incompleta y engañada. Si hasta ese momento yo había creído que el médico me había tratado como a una mujer, y no como a una niña, ahora me enfrentaba a la verdad más cruel: que Damián no me había metido su polla dentro, como hacen los hombres con las mujeres, sino que había jugado a los médicos conmigo, ese juego infantil que no lleva a ninguna parte, y que me había rechazado como compañera integral de su deseo físico, dejándome a las puertas del conocimiento total, de la unión completa.

Luego, al cabo de un buen rato de compadecerme de mí misma, empecé a comprender que si Damián me la hubiese metido me habría reventado las entrañas, porque era tan grande que se me hubiera salido por la boca tras empalarme el cuerpo entero. Y fue entonces cuando realmente asumí la verdadera clase de distancia que nos había separado aquel día. No era la edad, sino el tamaño. O era la edad, pero por el tamaño. Y desde ese momento ansié crecer y desarrollarme, hacerme una mujer entera, con abultadas tetas y un vientre mayor y un coño de talla adecuada. Solo para Damián, cuando volviera. Para satisfacerlo en toda su necesidad y su deseo.

Pero Damián no volvió, y yo crecí y me desarrollé. Me salieron tetas, me vino la regla, me creció vello en el pubis, me salieron granos en la cara y me llegó la sensualidad a borbotones. Los besos, hasta entonces autónomos, se convirtieron en la antesala de un deseo que no se extinguía con la mera exploración de cientos de bocas. Mi cuerpo aspiraba a más. Anhelaba todo lo que un hombre puede dar a una mujer. Y a punto de cumplir los catorce años yo era una hoguera que no se apagaba nunca, que ardía inútilmente las veinticuatro horas del día.

Durante meses vagué sin rumbo por el desierto de la sexualidad, embotada por la presencia de unas partes de mi anatomía que sobresalían del resto, empeñadas en protagonizar todas mis interacciones con el entorno. Cada vez que salía con mis amigas bebía alcohol en cantidades razonablemente narcotizantes, para luego acabar entregándome, sin demasiada selección por mi parte, a los habituales magreos con adolescentes del sexo opuesto en los rincones más oscuros de los pubs y discotecas de moda. Me bastaba con que fueran algo atormentados para dejarme arrastrar por sus ojos encallecidos de rabia o de pasión, faros perversos con que me miraban fijamente mientras su lengua me penetraba por las orejas o por las ventanas de la nariz, mientras su boca me sorbía el cuello, me succionaba los lóbulos arrancándome los pendientes, me lamía los párpados, o sus dientes me mordían los labios salvajemente. No soportaba a los pijos, porque me parecía que no tenían trastienda, sino una transparente y vacía forma de mirar la copa mientras vertían por la boca palabras dilapidadas, vacuas, ramplonas, palabras que daba pena escucharlas gastadas de aquel modo. No tenían el más mínimo interés para mí. Y ese desinterés se me contagiaba a los bajos, que me dejaban anestesiados con su cháchara improductiva, y la magia sexual no florecía. Pero me bastaba con que fueran decadentes, arrastrados, libertinos, fajados con la vida, duros en potencia, sensibles artistas, condenados poetas o dramáticos en alguna faceta, para dejarme meter mano sin la menor duda, porque entonces, y solo entonces, mis ansias carnales podían enmarcarse dentro del esquema de comportamiento que yo había elegido desde el inicio de mis escarceos. Detrás de una mirada intensa o de una mueca de náusea existencial, detrás de unos labios contraídos por el hastío del mundo, yo me perdía por completo. La entrega adquiría sentido. El ardor sexual tomaba forma y ya no era yo pasada por la piedra de mi propio fuego erótico, sino yo seducida y secuestrada, canibalizada por el lado oculto, oscuro y pecaminoso de la vida. Y entonces me dejaba querer. Por ellos, que sin dejar de amasar mi lengua o de morderme la nuca, me desabrochaban la blusa y me abrían el sujetador a zarpazos, sacándome las tetas por fuera de la prenda, fruncidas por la presión del elástico. Y así el sostén se convertía en un extraño armazón que, hecho una cuerda brutal por debajo de ellas, las forzaba dolorosamente a ponerse muy salidas y en punta, con los pezones desaforados hacia fuera, gordos y duros como dados de jamón. Y ese jamón estaba pidiendo que se lo comieran, que lo mordieran y lo paladearan para comprobar que jamás se desvanecía en la boca, sino que con el mascado se ponía todavía más arrogante y sonrosado y fuerte. Esos pezones de goma dura con los que mis conquistas jugaban y jugaban, que retorcían y desenroscaban, coronaban mis tetas para ofrecerse descarados, para ser mojados con el hielo del gin tónic, para ser espachurrados con la raja de limón y luego vueltos a lamer. Esa raja de limón que daba mucho de sí, porque luego acababa en otro lugar. Pues les encantaba bajarme la bragueta del pantalón y hacer resbalar su mano por entre la braga y la piel, a lo bestia porque no había demasiado espacio, y luego, primero con el dedo índice hurgarme allí, a ciegas, por entre el vello púbico, rastreando el hueco, la carne suave y blanda, el montículo ligeramente abultado; y una vez descubierto, me lo frotaban un poco para luego enseguida seguir bajando y meter un dedo por el agujero. Eso es lo que más les gustaba. Meterlo y sacarlo, en aquella postura en la que su mano parecía introducida por la embocadura de un bolso en busca de algo tan necesario como la cartera. Después me bajaban el pantalón un poco más, tanto que me dejaban el culo al aire sobre el sucio asiento ennegrecido y quemado de tabaco. Ese asiento de tela rasposa, o de escay, que me rozaba inmisericorde la carne del trasero mientras ellos seguían bajando el pantalón, y con él la braga, y yo medio desnuda en aquel rincón oscuro me dejaba hacer, borracha y cariñosa, y ellos volvían a la carga, me separaban los muslos un poco para dejar libre la vulva, y entonces me pasaban la mano entera, arriba y abajo, arriba y abajo, y luego cogían la corteza de limón, a mi pedido, y con ella me frotaban hasta el orgasmo.

Era toda una coreografía furtiva que se escenificaba en los más alejados y oscuros recovecos de la discoteca, paralela a la mucho más ñoña que se daba en la pista de baile, bajo los focos. Alguna vez, no siempre el lugar y la circunstancia daban para más, mi acompañante seguía investigando el resto de mis agujeros, pues creo que era lo que a los chicos de esa edad más les fascinaba. Para ellos, meter mano a una mujer era una posibilidad real, mientras que follársela no dejaba de formar parte del mito. Así, el que fuera me tumbaba boca abajo en el asiento y quedaba mi culo en pompa, desnudo y abierto a los ojos de incidentales pobladores de la zona clandestina de la discoteca. Y me daba cachetitos en él porque era divertido que la piel blanquecina adquiriera un especial tono rosado. Entonces me separaba las nalgas para luego introducirme el dedo, haciendo fuerza hacia dentro, y luego lo sacaba un poco, y volvía a meterlo. Pero lo que me volvía ya loca, lo que anulaba cualquier resquicio de sentido común que me quedara, era percibir como los cercanos invitados al espectáculo miraban mi cuerpo y valoraban sus cualidades, envidiando a mi pareja de turno. Tanto es así que a la salida, muchos intentaban conseguir mi teléfono o me seguían hasta el baño y probaban a ver si me dejaba hacer lo mismo con ellos. A veces, según mi estado de ánimo y la expresión de su mirada, lo lograban.

SEMEN ENAMORADO

A los dieciséis años yo había probado todo lo que da de sí una discoteca, o el magreo en los cines, lugar este último, por ejemplo, donde fui perfeccionando la técnica de la masturbación masculina. No había mucho cortejo previo, ni siquiera si el chico representaba una nueva muesca en el cinturón de mis conquistas. Tampoco yo lo necesitaba, e incluso agradecía ese ir rápidamente al grano, pues me parecía falso y degradante que en aquellas tesituras me impostaran palabras de amor no sentidas. Yo solo buscaba el contacto físico, la intensificación de la piel en el roce con otra distinta de la mía. Normalmente, tras la contemplación de unas cuantas escenas de la película, y bajo el abrigo estratégicamente situado como una capa sobre las piernas, yo recibía una muda petición de mi acompañante; el cual, sin decir nada, y después de un par de besos obscenos con metida de lengua hasta la laringe, me cogía la mano y me la dirigía por encima del brazo de la butaca hasta que yo encontraba a tientas su bragueta. Acto seguido yo misma se la bajaba hasta el final y comenzaba a hurgarle bajo el eslip. A veces ni encontraba calzoncillos, pues algunos avispados, previendo el lote conmigo, ya ni se lo ponían para facilitar el proceso. Entonces yo sacaba de su encierro la polla sin contemplaciones y la meneaba un rato, incluso rudamente, porque me gustaba sentir la pasión en grado animal. Era un rito sin más contenido que el de tocarse y poner el rabo a cien hasta su posterior descarga, pero un rito salvaje durante el cual ni yo pensaba en otra cosa que en hacer bien mi trabajo ni el otro se planteaba sino entregarse a la lógica indiscutible y festiva de aquel acto. Así, yo liberaba el bicho enjaulado y hambriento, y lo hacía rugir durante un tiempo, estirándolo, amorcillándolo, doblándolo, meneándolo; y también, como complemento, bajaba un poco más la mano y la metía por debajo de los huevos para acariciarlos, con tanta firmeza que todo el aparato alcanzaba un nivel de dolor insoportable y gozoso al mismo tiempo. Porque el dolor generado se debía más a la acumulación de semen y de excitación, que a la violencia real que yo empleaba. Llegados a ese punto, mi chico estaba tan salido que no aguantaba ya el mínimo toqueteo. Abría más las piernas y se bajaba el pantalón un poco más para poder liberar del todo la polla hacia arriba. Ese órgano que de puro al rojo vivo quemaba el asiento y prendía fuego a la pantalla, derritiendo los fotogramas que como cera hirviendo caían sobre nuestra retina. La postura era la de un toro en actitud de embestida, y era tanta su dureza y la brutalidad de su elevación que yo sentía que podría llegar a horadar un muro de hormigón que le pusieran por delante. La respiración se aceleraba y entonces el torito bravo me miraba con ojos extraviados y suplicantes, casi amorosos, expresando una clase de ternura difícil de definir con palabras. La misma que inspira un pequeño cordero lanudo poseído por el alma de un lobo en plena noche de luna llena. Ese balido emitido con la mirada era la señal para empezar a hacer la paja a lo bestia, sin jugueteos tontos ni interrupciones. En aquel instante yo, con la lascivia de una cortesana vestida de piloto de carreras a punto de llegar a la meta, agarraba el embrague de carne, desorbitado y empalmado hasta la muerte, y le daba su merecido al dueño, machacándosela como una diosa. Eso me decían, la machacas como una diosa, Martina. Verdaderamente era una artista pajillera. Y la razón es simple. Me gustaba. Disfrutaba agarrando aquel berbiquí y sometiéndolo a mi mandato. Los hacía sufrir subiendo y bajando el pellejo enardecido con la habilidad de una experta amasadora de pan artesano. Los ponía al borde del orgasmo a base de una calculada y morbosa combinación de suavidad extrema y apretones salvajes, retardaba su eyaculación y volvía a estimular el miembro hasta que por fin estallaba rebosante de leche retenida, entre estertores y espasmos que parecían no cesar nunca, tanta locura invertían en la corrida, tanta energía musculosa y alegre, desinhibida, adolescente y traviesa. Luego venía el duro trago de la limpieza, pero antes, un imperioso instinto los llevaba a besarme los labios con dulzura empalagosa, con el agradecimiento de un animal malherido al que le quitas la astilla clavada en la pata. Y ese beso, sincero, me sabía a semen enamorado. Era mi recompensa. Un nuevo beso para mi caja del tesoro, para guardar avaramente en la recámara de mi corazón hecho revólver.

MARTINA DOBLE

Un día de verano de mis dieciséis años me invitó una amiga a bañarme en su piscina. En realidad no era suya. Se trataba de una piscina situada en la azotea de un edificio privado donde trabajaba su padre como presidente de una compañía de seguros. Era domingo y no había nadie. Solas ella y yo, mientras el padre elaboraba no sé qué informe urgente en su despacho, situado en la última planta de aquella elevada torre que todavía hoy corona en altura un barrio céntrico de esta ciudad.

Carlota, compañera de clase, era una niña sin atractivo aparente. Los demás la marginaban, a mi juicio sin motivo. De acuerdo que no era un dechado de ingenio, de simpatía o de belleza –los tópicos valores cotizados en la clase–, pero contaba con ese elemento que a mí más me atraía. Poseía trastienda. Yo había desarrollado un sexto sentido para reconocer a mis iguales, y me olía que Carlota era de las mías. Tímida hasta la náusea, creo que esa era la verdadera traba que le impedía encajar entre los demás chicos. Y aunque en apariencia no tenía nada en común conmigo, a no ser un cierto aire de soberbia contenida con la que miraba el mundo desde la atalaya del descreimiento y la ironía, a mí me gustaban su sentido del humor algo extravagante, los discos que tenía y su parsimonia. Por otro lado, estoy casi casi convencida de que en parte salía también con ella porque me gustaba llevar la contraria allí donde podía hacerlo sin mayores conflictos. Y el hecho de decidirme por Carlota, aunque me excluía de los clásicos grupitos establecidos en la clase, también era un modo de reafirmar mi desprecio al resto por excluirla cruelmente de sus juegos y pandillas. A cambio, Carlota me admiraba y me era fiel, dos cosas que por aquel entonces hacían de consuelo a mis carencias.

Vino a buscarme a mi casa con el chófer de su padre, un tipo enorme, como un armario, con unas manos gigantescas, un cuello corto y gordo, abundante pelo negro a cepillo y una espalda de campeonato. Ella se quedó abajo esperando y el chófer subió a por mí. Llamó al timbre y como mis padres no estaban le abrí yo en albornoz, pues no me había dado tiempo de vestirme todavía. Lo insté a pasar y le dije que esperara, no sin antes echarle una mirada de reojo. Cuando comprobé qué clase de ejemplar de macho era, me quedé allí parada, inmóvil de pronto, calibrando como contrapartida el tamaño de su cerebro. El cordón de mi albornoz, que iba poco anudado, se aflojó del todo y entonces, por la hendidura abierta, me asomaron las tetas de golpe, amplias y sueltas, que llevaban todo el día desperezándose y rozándose mimosas contra la felpa. Bajo el ombligo asomaba mi pubis, un breve felpudito de vello electrizado, que llevaba caliente lo menos una semana, pues no me había dado la gana de masturbarme en todo ese tiempo. A veces me gustaba retenerme el deseo durante días, acariciarme un poco, lánguidamente, y luego parar, para al cabo de unos días correrme varias veces seguidas, en una orgía masturbatoria que, apoyándose en una variedad de técnicas más o menos imaginativas, se iniciaba en el baño, donde la ducha de teléfono era mi gran aliada, seguía por ejemplo en la butaca del salón, galopándola yo a horcajadas, y acababa al azar en mi vestidor, tal vez con la compañía de una percha, batuta con la que dirigir el final apoteósico y agotador de una jornada exquisita, y al mismo tiempo cargada de ansiedad, dedicada al placer solitario de mi cuerpo.

Allí delante de aquel maromo me dio por ponerme cachonda, tanto que deseé de pronto que me tocara el coño. Solamente. Nada más. Solo quería que me metiera el dedito por el agujero y luego lo sacara para metérselo finalmente en la boca. Nada más.

Al comprobar que se me abría el albornoz y dejaba a la vista mis partes íntimas di un estúpido gritito de pudor, altamente sobreactuado y coqueto, y me quedé paralizada unos segundos, con los ojos bajos, falsamente castos, permitiendo que el chófer pudiera recrearse en la contemplación de mi cuerpo semidesnudo. Aquella situación me ponía tan caliente que me impedía tomar decisión alguna, encantada de que aquel toro me mirara de cabo a rabo. Deseaba quedarme allí, solo siendo observada, y mi deseo me llevaba a querer quitarme la prenda del todo y dar unas cuantas vueltas delante de sus barbas, sin que pudiera tocarme, enloquecido y con el freno puesto. Ser la provocación de su calentura, manejar su ansia y sentir, fuera de mi piel y llameando en otro cuerpo, el sabor de la necesidad y la frustración ajenas.

Me dio la onda y lo hice. Dejé resbalar el albornoz hasta el suelo y acto seguido empecé a caminar por el vestíbulo, contoneándome, girándome de pronto para mostrarle mi culo y luego girándome de nuevo, levantando las tetas con un movimiento de pecho hacia lo alto, andando

112

de acá para allá, exhibiéndome en bolas. Finalmente me cansé de tanto espectáculo y me tumbé en el sofá del salón. Me coloqué los brazos por detrás del cuello, en actitud chulesca, los pechos desparramados y las piernas ligeramente abiertas, mientras él me seguía a una prudente distancia sin dejar de observarme con ojos como platos.

Cuando lo tuve delante del sofá le dije:

—No me toques y méteme la lengua hasta la garganta.

—Y abrí la boca desafiante.

Así lo hizo. Sacó un ejemplar inmenso, empapado de saliva, y me lo metió en la boca sin dudar, babeándome la cara entera.

Después le dije:

—Méteme el dedo en el coño, éntralo y sácalo diez veces. Luego métetelo en la boca, y acto seguido párate.

Así lo hizo. Me metió el dedo, lo sacó y lo introdujo hasta diez veces. Después se metió el dedo en la boca y finalmente se quedó quieto, fascinado.

Después me di la vuelta, me tumbé boca abajo en el sofá, levantando un poco las nalgas, abierta de muslos, y le dije:

—Méteme el dedo en el culo, éntralo y sácalo diez veces. Luego párate.

Así lo hizo. Me metió el dedo por el culo, lo sacó y lo introdujo hasta diez veces. De nuevo se quedó quieto, esperando instrucciones.

Entonces yo me levanté, me dirigí a mi cuarto, me vestí, volví al recibidor y lo informé de que ya estaba lista para reunirme con Carlota, quien me estaba esperando en el coche. En el interior del ascensor me abrí la blusa, me saqué las tetas por encima del sujetador y le ordené que me estimulara los pezones hasta llegar abajo. Él obedeció sin rechistar, y si al final no me violó, fue porque le intere-

113

saba conservar su puesto de trabajo más que nada en el mundo, detalle que yo no había perdido de vista en ningún momento.

Cuando llegamos a nuestro destino, el chófer nos abrió la puerta y yo salí la última. Pude observar su cara de póquer impecable. Reconocí a partir de su semblante sereno e irreprochable la inteligencia que en un principio yo le había negado, pues percibí en él una gran elegancia a la hora de aceptar la derrota, e incluso un cierto tono de reto faltón en su actitud de claro y cortés distanciamiento. Y eso me excitó mucho más que la visión del enorme tamaño de su abultamiento entre las piernas. Además, si seguía buceando en mi intuición, hubiera jurado que el tipo tenía garra interior y que escondía profundos abismos de tormentosa factura, lo cual terminó por dejarme perpleja y abatida, pues sentí su pérdida en el sabor de los abrazos o de los besos de terciopelo que no nos dimos. En fin, renuncié abruptamente al chófer por imperativos evidentes y me interné en un fastuoso portal siguiendo los pasos de mi amiga.

Subimos al ático del edificio y el ascensor nos escupió en una explanada impresionante. Con un cielo azul plomizo por cobertor y un tupido seto verde a todo lo largo, la piscina relucía a modo de turquesa monstruosa, anillada a la azotea. Era un espectáculo sobrecogedor. La ciudad estaba a nuestros pies y el paisaje mostraba el brillo acuoso de tejados, anuncios luminosos, minaretes y cúpulas de todos tipos, mientras la gente abajo parecía tener claro su camino, andando sobre las calles, a lo lejos, como muñequitos en miniatura sobre una maqueta urbana.

Carlota me llevó a los vestuarios. Nos cambiamos y salimos de nuevo a cielo raso enfundadas en sendos bañadores. Yo tenía un día melancólico, porque en el desayuno mi padre había comentado con mi madre una noticia que recogía el periódico. Era sobre Damián. Después de ocho años de ausencia en el extranjero, pisaba Madrid por unos días. Se había labrado una reputación internacional como médico de causas perdidas, lo cual lo había traído a un congreso en la capital. A esta información vino a añadírsele, además, un detalle lacerante y desolador, que reveló mi madre –enterada quién sabe a través de qué conducto de cotilleo– al oír el nombre de Damián: se acababa de casar con una keniata a la que había salvado por los pelos de una ablación de clítoris. La noticia me cogió desprevenida y me hundió en la sima de la depresión instantánea.

Yo me había estado reservando para él, virgen. Le guardaba mi himen como un ave rapaz preserva y defiende en el pico el mejor gusano destinado a su polluelo favorito. Por eso no había practicado hasta entonces el coito, por más que me lo hubieran reclamado algunos tíos salidos y empecinados. Sentía cierta curiosidad, no lo niego, por ese bumba bumba de caderas, el mete saca de rigor. Pero no era la meta de mi vida. Y no por estrechez mojigata –yo era una fuera de la ley desde hacía tiempo, aunque siempre de incógnito–, sino porque no me atraía lo suficiente. ¿Qué mérito tenía aquel dale que te pego si, por lo que decían rumores, informes y estadísticas, rara era la vez que la mujer llegaba al orgasmo follando? A mi modo de ver, la forma más veloz de acabar con una vida sexual placentera, y con el alegre grito y jadeo de la corrida, era entregarse a la práctica de la fornicación. Para mí el coito representaba la forma más convencional y reaccionaria de hacer el amor. Era como institucionalizar el sexo, quitarle su desmadre, canalizarlo socialmente. Un coñazo y un sometimiento, sin duda. Una claudicación y el comienzo de un viaje de no retorno hacia el aburrimiento más manifiesto. Donde estuviera una buena masturbación digital u oral, seguida de su explosión y llegada correspondiente, que se quitara la penetración más recia y prometedora. Me daba morbo además haber hecho todo tipo de guarradas y seguir siendo una niña buena, con el himen perfectamente preparado para un pase de revista. Un batallón de matronas gitanas o un grupo de obispos meticulosos me habrían dado los mayores parabienes si me hubieran metido un bastón por el coño entonces. La sangre de mi virginidad bastaría para proclamar a los cuatro vientos mi pureza angelical, cuando si ahondaban un poco menos, en mi boca podrían encontrar restos de semen reciente o en mi clítoris insaciable el eco de cientos de orgasmos buscados y consentidos, obtenidos por medio de mi mano y de la de otros; o cuando el agujero de mi culo todavía rezumaba saliva de otras lenguas o dibujaba perfectamente la huella de dedos ajenos. Así, mi virginidad representaba las dos caras de la misma moneda. Por un lado era mi última conexión con el lado de los buenos, mi arma y mi coartada, la única prueba que me salvaría de la hoguera si me pillaban magreándome con alguno. Y por otro lado, era mi personal bandera de rebeldía. No ser como los demás, no caer en la trampa. Porque aceptar la polla en el interior de la vagina era lo mismo que hacerse mayor de golpe, hacerse responsable y dejar de jugar, todo en uno. Se acabó la juerga y llega el muermo, la excitación sin culmen, la cara de vinagre de la hembra frustrada. Y lo cierto es que si un hombre no puede entrar en ti, se machaca más el magín para darte placer. ¿Por qué? Porque a cambio le vas a hacer una paja o una mamada. Le vas a hacer un trabajo que requiere esfuerzo, tiempo, arte, habilidad, delicadeza y músculo. Y entonces, consciente de esa gran verdad, se mata vivo para hacerte un similar servicio en condiciones. Es un claro toma y daca. La relación de igualdad que permite que una relación sexual se perpetúe desde la celebración y el brindis y no desde el descalabro de un funeral. Mientras que si dejas que te la meta, él mismo se masturba dentro de ti y ya no se siente tan responsable de que no llegues al orgasmo. Cree, el muy jodido, que todo lo ha hecho él; y cómo le explicas que tú pones la infraestructura, la lubricación, el cuerpazo, las tetas, el coñito mojado, el deseo, los besos, las caricias, más la entregada, encantadora y férrea voluntad de la pasión.

No, yo me había negado al coito con la conciencia de impedir mi vulgar inmolación en la pira del asiento de cualquier coche, y todo para no sacrificar las premisas de igualdad que eran para mí tan importantes en lo relativo al sexo. Si la vida era un lugar absurdo, brusco e incompleto, en el cual la desigualdad imperaba; si la vida era un lugar donde renunciar, resignarse, ceder, ser dominada, chantajeada, enmudecida y doblegada, no podía yo condenar el último reducto de mi satisfacción y de mi libertad, vendiéndolo, como todo lo demás, al más indigno postor, esto es, a la sacrosanta penetración. Para mí, coito no era sinónimo de liberación sexual sino de puritanismo rancio, y el fin de las delicias carnales. Una vez desvirgada entraría a formar parte del avieso montaje moralista, sería una víctima más de la censura del placer, entraría en la secta de la mayoría, los que no quieren disfrutar sino vivir amargados, poniéndose el freno en sus partes bajas y jodiendo en su lugar al mundo. La cópula se me representaba como el apareamiento de la mantis religiosa, tras el cual se come al macho en un banquete asqueroso, desprovisto de toda lógica vital. Y a diferencia de tales bichos, para los que el canibalizado es el miembro masculino, yo sería la engullida por la inevitable maquinaria de la resignación y se borraría en mí todo rastro de pionera, convirtiéndome en una más del montón pasada por la piedra, engrosando en suma el club del topicazo.

Mi idea –hasta que mi madre vino a fastidiarla aquella mañana– era follar por primera vez con Damián. Con él sería distinto, obviamente. Damián suponía a mis ojos el adalid de la lucha contra la infelicidad en todas las variadas formas que suele adoptar esta para manifestarse en la superficie del planeta. Y un polvo con Damián era la suma de todos los paraísos que puede inventar el ser humano. Había invertido horas en imaginarlo. Lo había pintado con mis mejores colores, olores y sensaciones. Y ese tiempo era tan mío que no deseaba compartirlo con nadie excepto con él cuando lo volviera a ver. Mi verdadero yo se hallaba secuestrado en mi imaginación, único espacio donde paradójicamente se sentía libre y a salvo. Nadie, excepto Damián, podía ser el receptor adecuado para el sincero vertido de mi corazón o de mi más puro deseo. Por eso mi relación con los demás, mis enredos eróticos fáciles, amorales y carentes de sublimación o de búsqueda de un estadio místico y amoroso de nivel superior, eran tierra sin raíces, puras nubes de gaseosa experimentación, acoplamientos efímeros de condensada intensidad y exiguo poso. A pesar de mi anhelo. A pesar de mi cueva blindada de cristales, pinchos, verjas afiladas. A pesar de mis cavidades subterráneas. A pesar de mis demonios atormentados. O tal vez por ellos.

Porque en el fondo yo era una escisión en mí misma. El sexo era mi escape, lo más hermoso, lo más excitante, lo bello, lo alegre, el entusiasmo, la vida fantástica, el dejarse flotar, volar, al viento. Y el resto era la obligación, el sufrimiento, la rabia, el silencio amordazado, la falta de amor. Solo veía belleza y felicidad en el sexo. Era mi única experiencia de algo parecido a la felicidad; pues a través del magreo se producía el contacto, y normalmente era un contacto cálido y amigable. El deseo físico hacía ese milagro. Y puesto que yo desconocía otro tipo de contacto que produjera similares chispas de afectividad, me aferraba a las pajas y a las corridas, a los orgasmos y a las mamadas, como medio indiscutible para tocar alguna parte de mi emoción.

Pero con Damián sería diferente, insisto. Con él yo reuniría mis dos fragmentos en uno y podría ser por fin la persona entera que venía en el paquete el día de mi nacimiento y que se vio obligada a dividirse para sobrevivir. El sexo y el afecto, lo claro y lo oscuro, lo blanco y lo negro, lo bueno y lo malo, lo oculto y lo transparente volverían a fundirse en un todo integral donde ninguno de esos conceptos artificiales tuviera valor alguno. Por eso, el polvo reservado a Damián tenía un significado fabuloso, y un anhelo sentimental añadido que lo hacía la meta más preciada de mi existencia. Hasta ese día en que mi suerte cambió radicalmente. Se me hundió la tierra bajo los pies al conocer la noticia de su boda. Desde su divorcio hacía varios años yo siempre había querido imaginarlo en una especie de limbo sexual, entregado únicamente a sus ideales de salvar el mundo y viviendo un celibato de pureza platónica, con el recuerdo de mi amor impregnado todavía, al cabo de tanto tiempo, en su polla y en su alma inmortal. No tuve en cuenta detalles tales como aquella frase pronunciada en su consulta la tarde de marras, cuando me dijo textualmente «Martina, a mí me gustan mucho las mujeres». Era evidente que Damián no había dejado de follar o de enamorarse. Y tampoco se lo reproché, desde luego. Un hombre como él, tan celebrador y entusiasta, tan consciente de dónde residen el verdadero placer y la felicidad, ¿cómo iba a renunciar a lo mejor de la vida? Tonto sería, por supuesto, si se volvía un monje reprimido y le daba la espalda a su cuerpo, a su deseo y a su pasión. No, yo no acusaba a Damián, sino que en el fondo aprobaba su comportamiento, e incluso lo aplaudía. Tampoco yo me había privado del mismo disfrute, aunque sí es verdad que, a pesar de mis promiscuos avatares, guardaba impoluta la orquídea blanca de entrada a mi vagina para que él la tiñera de rojo con un delicado pollazo.

La fea realidad vino a desbaratar mis planes y a intensificar mi escisión existencial, de modo que la reunión de mis partes fragmentadas se me hizo de golpe un imposible, una utopía patética que deseé pulverizar y aniquilar por completo, con el fin de evitarme sufrimientos inútiles. Mi destino había sido traicionado, y por lo mismo, variado de órbita para siempre. Ya sería, a partir de entonces, Martina doble, el monstruo de dos cabezas, una con un cerebro y otra con un coño en forma de corazón.

SOLEDAD DE LA AZOTEA

Mutilada y con el muñón todavía sangrando, desconecté mi dolor como solo yo sabía hacerlo. Me saqué aquel dardo de cuajo, con la justa y heroica anestesia de amplios tragos a una botella de güisqui que robé del mueble-bar de casa, refugiada en mi cuarto pretextando inclemencias menstruales, hasta que por fin mis padres salieron, pues habían quedado a comer. Me prometí no volver a pensar en Damián, ni a sentir en mis carnes la excelsa vibración física de su memoria. No volver a bailar por dentro solo con su recuerdo. No volverme a poner cachonda o tierna solo porque él invadiera mi piel desde el pasado. No volver a Damián.

Cuando llegó el chófer de Carlota me hallaba en el estado de embriaguez más favorable para el bajonazo sentimental, el punto más degradado de descenso a los infiernos del desamor, así que la presencia de aquel hombre me salvó de la bancarrota indigna, de tirarme por la ventana frente al crac de mi adolescencia. Me ofreció la oportunidad de dar un vuelco a mi futuro, de sentirme en posición de ventaja –como medicina para contrarrestar mi hundimiento psicológico– ante un miembro del sexo masculino, aunque solo fuera por cinco minutos y con un total desconocido. El juego con el chófer me animó algo. Por lo menos deseaba vivir, que no era poco. Nadie que quiere jugar así con un hombre puede estar realmente al borde de la muerte, ni física ni psíquica.

Cuando salí al ático ya con el biquini puesto y me asomé a la barandilla de obra que defendía el límite con el vacío, cuando miré hacia el tendido y pude observar la ciudad en todo su contaminado esplendor, se esfumaron plenamente mis transitorios y mañaneros coqueteos con el suicidio, y ya no deseaba tirarme a la calle, sino volar por encima de los tejados. Cuanto más alta y alejada de las complicaciones de los mortales, mejor. De nuevo podía sentirme Martina la diosa, no porque le estuviera haciendo ninguna paja a nadie, sino porque cuanto más volara menos humana y más diosa me volvía. Y cuanto más diosa, más etérea y más despreocupada.

El paisaje me había reactivado el efecto del alcohol, de un modo extraño. Deseé triscar alrededor de la piscina como una nube en forma de borreguito, desenfadadamente. Quería a toda costa volar. Y puesto que no había nadie, excepto Carlota, que se había ido a tender lánguidamente en una tumbona inmensa y comodísima, como una dama romana sobre un lecho de orgía, me lancé a correr por la azotea, con los brazos abiertos sobre Madrid, mi ciudad amada, abofeteada sutilmente por el ardiente aire de julio. La sensación de libertad fue tan perturbadora que decidí quitarme el biquini. De nuevo comencé a correr, ya desnuda, por aquella superficie que semejaba una mágica alfombra voladora. No había cortapisas, fardos, problemas sobre mi cuerpo en movimiento. Era completamente libre y volaba por encima de los tejados que, como tapaderas de olla exprés, sepultaban los achaques y penosas condenas humanas que se escondían debajo.

En un momento dado necesité estar más alto todavía y entonces me subí al trampolín. Allí, sobre la pasarela, me paré con las piernas entreabiertas, los brazos en cruz y las tetas señalando el oeste, contra el sol de la tarde. Carlota no dejaba de mirarme, aunque no expresaba sorpresa o turbación alguna. Más bien parecía divertida por mi extravagancia. En aquel momento aprecié su compañía. Era la espectadora perfecta, y yo quería que me contemplaran en mi viaje místico; así que a modo de danza ritual espontánea, cual diosa de las alturas en pelotas, me acaricié todas las partes de mi piel y me toqué los pezones hasta ponérmelos tan duros como granos de café. Luego extendí las manos hacia adelante, di un caderazo al aire y me tiré finalmente al agua gritando «¡Vuelo! ¡Cógeme en ti!».

El golpe contra el agua fue un azote excitante, en cuya violencia sentí un placer inusual. Me había dejado totalmente sensibilizada, y mi anatomía hacía notar su presencia bajo el escozor de la marca del agua que, como un hierro candente, me había puesto a hervir pechos, pubis y culo.

Nadé un rato chapoteando como una niña, saltando y hundiéndome hasta el fondo, para volver a salir de nuevo hecha un cohete, convertida en el busto de un mascarón de proa emergiendo de entre las olas, hasta que descubrí subido en el borde de la piscina un neumático gigante. Era la cámara de aire de la rueda de un camión, y estaba hinchada hasta reventar. Enseguida me apoderé de ella y la lancé al agua. Aparecía brillante y satinada, y su color azabache centelleaba decorado de espejuelos de sol. Seguí tanteando su textura. Su suavidad por acción del líquido era infinita y mi mano resbalaba por la goma como la cuchilla de un patín sobre una pista de hielo recién pulida. Además sonaba como una zambomba al paso de los dedos. Pasé una pierna por dentro del aro que formaba y la encajé en mi pubis, de tal forma que me quedó espachurrado contra la superficie de la rueda, soportando mi peso sentada sobre ella. Me dio tanto gusto esa postura que quisé investigar las posibilidades de fricción e inicié un girado de la rueda ayudada con mis manos. Iba suavísima, lubricada por el agua, pero al ser de goma ejercía cierta resistencia con resultados enloquecedores sobre la zona, estimulada también por el frotamiento circular que yo imprimía cada vez más deprisa, cabalgando salvajemente la rueda, feroz y libertina. Al mismo tiempo yo gritaba y reía, jadeaba de placer, y la rueda giraba y giraba masturbándome con sonido navideño a modo de banda sonora. Y cuando estaba gritando más fuerte porque me faltaba muy poco para la corrida, vi de pronto un hombre salir por la puerta de entrada a la piscina. Me frené en seco, claro, y el orgasmo no se consumó. Como no sabía qué hacer me quedé en aquella posición, callada de golpe. El tipo caminó hacia donde estaba Carlota llevando una bandeja con bebidas y algo de merienda. Me miraba de reojo pero no dijo nada. Era un camarero, menos mal. Otro que carecía de autoridad para censurarme, humillarme o afearme la conducta sin poner en peligro su empleo. Lo comentaría, claro, pero eso a mí me daba lo mismo. Lo único importante eran las apariencias en el nivel de lo respetable, a ojos de las personas respetables e influyentes. Los demás no contaban.

Cuando se hubo marchado el camarero, Carlota, sin hacer mayor comentario aunque con una sonrisa cómplice, me invitó a salir del agua para beber y picar algo. Pero previamente sacó de su bolso una petaca de plata y rellenó las naranjadas con un buen jeringazo de vodka. Y ese pequeño gran detalle me permitió corroborar sin lugar a dudas que Carlota era definitivamente de las mías. Me recosté sobre una tumbona al lado de la suya y brindamos por el cielo azul y el sol rabiosamente caliente. Tan fuerte fue el entrechocar de los vasos que se me derramó un poco de líquido sobre las tetas, y lo dejé correr sin más. Después de varios lingotazos Carlota empalideció de súbito, se agarró crispadamente al colchón de la tumbona y permaneció unos instantes con los ojos mirando al vacío, exhalando ansiedad por todos sus poros. Le pregunté qué le pasaba, y si podía ayudarla, pero negó con la cabeza. Luego se levantó a toda prisa y salió corriendo hacia el interior del edificio sin dar explicaciones.

Esperé así cerca de un cuarto de hora, y al ver que mi amiga no regresaba, decidí seguir con el vodka. La piscina parecía haberse ensombrecido, aun cuando el sol seguía brillando sin una nube alrededor; era como si el astro se hubiera ido más lejos y ya no iluminara con la misma intensidad la superficie del edificio. Un velo invisible me cubrió; el sol me había dejado para ir a centellear un poco más allá de donde yo estaba. Observé con mayor atención la terraza. En una de las esquinas, bajo un toldo blanco, los restos de lo que parecía una fiesta se desparramaban sucios y derrotados sobre manteles pintados de churretones. No me había fijado hasta entonces, pero ante la súbita soledad de la azotea, aquel rincón se hizo presente. Me quedé enganchada a ese cuadro devastado. Fue como mirarme a un espejo. Era mi retrato exacto. Yo era el final de una verbena, cuando ya no queda nadie ni nada que pueda recordar que allí se bailó o se rió alegremente. Nada sino basura abandonada.

No pudiendo soportar la visión, me di la vuelta y corrí hacia la esquina opuesta. Mi cuerpo ya no brincaba extasiado, sino extrañamente ajeno a los huesos y a la carne que lo sustentaban, transferido a otra parte, malherido, desmayado. No deseaba sentirlo, como cuando era pequeña y me evadía de mis necesidades físicas para no afrontar mi incómodo sometimiento a ellas. Damián volvía a mí, recurrente, quería entrar en mi boca y poseer mi interior. Pero el eco de la fiesta me recordaba que yo no estaba invitada, que yo no iba a probar de la fruta prohibida, y que Damián no volvía para sacarme a la pista de baile, sino que solo venía a incrementarme el sufrimiento de su ausencia. Porque la ausencia de Damián era de la misma materia que todas las ausencias de mi vida, la ausencia de todo contacto emocionante, cercano, desinteresado, cálido.

Todos mis espejismos de hacía un rato emprendieron la huida al entender que me invadía la verdad. Como si fuera una apestada me miré la piel, cubierta de crema bronceadora, y me di asco. No podía ni compadecerme de mí misma. Tal vez si lo hubiera hecho, habría sentido un mínimo resquicio de salvación. Pero me odiaba, detestaba mi mundo, mis limitaciones, mi destino amargo, mi pozo enfangado. La soledad de la azotea, mi soledad, dictó entonces la dirección de mis pasos posteriores. Abandoné la visión de ese cuerpo que me hacía tan infeliz, ese cuerpo que pedía ser atendido de una forma que yo no era capaz de darle, y subí al pretil de la terraza. Comencé a andar sobre él, mirando hacia abajo y olvidando las caricias de Damián o de alguien como Damián, sustituyendo mi necesidad más anhelada por el viento inexistente y el vacío en picado.

CORRUPCIÓN EN LA PISCINA

Terminé mi copa y quise rellenarla de nuevo. Busqué torpemente en el bolso de Carlota la petaca. Posé el vaso en el carrito donde estaban las bebidas. Alegré la naranjada con el vodka y volví a poner la petaca en su sitio. Pero al moverme tropecé con la tumbona y resbalé en el suelo, de tal modo que fui a caer de culo sobre el carrito, justo donde se encontraba la bandeja de pasteles de la merienda. Oí un chof irremediable y sentí hundirse todas mis posaderas en las natas y chocolates, en los bizcochos borrachos, en el caramelo líquido, en los kiwis, plátanos y fresones que componían el conjunto de los dulces. Noté un indescriptible placer mientras aquellas pringosidades tomaban al asalto hasta el último pliegue de las profundidades de mis bajos. Permanecí así un rato, removiendo mi culo sobre la bandeja con morosidad y regusto glotón.

De pronto empecé a asustarme del desaguisado, y me arrodillé sobre el suelo para recopilar todos los objetos esparcidos tras la caída. A cuatro patas recogía los fragmentos de la jarra, que se había roto en varios pedazos, mientras sentía la plasta de los pasteles pegada a mi trasero. En esas estaba cuando escuché nítidamente unos pasos detrás de mí.

–Carlota, no te vas a creer lo que me ha pasad... –La frase, y las risotadas que la acompañaban, se me cortaron de cuajo cuando al girar la cabeza me di de bruces con la mirada de un hombre maduro vestido de traje y corbata que se dirigía hacia mí.

–Hola, tú debes de ser Martina –me dijo sonriendo y sin hacer ningún comentario sobre mi extraño atuendo y postura.

–Eh..., sí, señor –musité poniéndome colorada como una sandía e intentando levantarme. Mi cuerpo era un puro churretón de crema bronceadora, jugo de naranja y moteado de restos de pasteles.

–Yo soy el padre de Carlota –me respondió, mirándome con cierta insolencia y descaro encubiertos, parándose en cada resquicio de mi cuerpo. Parecía tomar nota de cada detalle, como un perito reconociendo los daños de un vehículo siniestrado para dar parte al seguro. Bueno, aquel edificio era de una compañía aseguradora, y ese tipo era el presidente, o sea que en parte era normal que me evaluara. Y añadió, con una sonrisa realmente magnética y poniendo los brazos en jarras–: No imaginaba que estuvieras tan buena. La verdad es que estás para comerte ahora mismo.

Ante semejante epílogo se aflojaron bastante los miedos que atenazaban mi garganta y que desde el principio contraían todos mis músculos. En pocos segundos se me había representado con nitidez la reacción de mis padres al enterarse de que su hija se había comportado incorrectamente, dando un espectáculo de obscenidad, y veía caer sobre mí todo tipo de calamidades. Libre de esa amenaza, sonreí con cierta timidez, y bajé la cara adoptando un mohín de pudor que en tal coyuntura más parecía una velada coquetería que un acto de ingenuidad. Él respondió a mi gesto con una mirada dulce y enigmática. Le brillaban los ojos, azules como los de Damián. Su pelo era claro, tirando a rubio, y unas entradas en la frente denotaban un principio de calvicie que, lejos de afear su persona, abría una mayor perspectiva a su rostro y le daba un toque maduro y curtido que llevaba a confiar de inmediato en él. La calvicie, curiosamente, puede llegar a convertirse, en determinadas circunstancias, en un elemento de atracción añadido. Este era el caso, sin duda. Me gustó su calva desde que la vi. Y por la calva me entró todo él de un golpe. Un hombre con aquella calva, y con aquellos ojos acuosos de azul celeste, centelleando al sol, con una boca pequeña de labios sonrosados e hidratados, y coronado por unas orejitas modélicas, vino a representar para mí el momentáneo recambio de Damián justo cuando más necesitaba un tipo avezado, mayor, en quien consolar toda mi tristeza y decepción, en quien volver a saborear la vibrante elegancia de la madurez, la fuerza serena y contenida de los cuarenta años.

—Carlota se sentía indispuesta. Le ha dado una taquicardia muy fuerte y se ha tenido que ir sin despedirse —explicó con tranquila indiferencia. Y luego añadió—: No te preocupes. Le ocurre a veces y ya estamos acostumbrados, pero ahora debe descansar. Se la ha llevado el chófer a casa.

—Ah, vale —asentí intentando aparentar la misma desenvoltura que él—. Supongo que debería irme, ¿no?

—Puedes quedarte el tiempo que quieras, y seguir disfrutando de la merienda, que, por lo que veo, está siendo de tu entera satisfacción —comentó con una leve sorna.

Parecía divertirle aquella situación, y no se movía de allí ni dejaba de mirarme con total descaro. Su desfachatez y actitud provocadora me llevaron a la rabia por un camino desconocido en mí. No sabía si se me estaba insinuando o sencillamente me estaba tomando el pelo como a una estúpida adolescente. Ese desconcierto me era nuevo. Y me molestaba que pudiera considerarme una niñata, carente del más mínimo aliciente intelectual o del morbo erótico necesario para tenerme en cuenta. La culpa era de él. Él había empezado aquel juego. Lo lógico hubiera sido que me pusiera a parir al verme en bolas y llena de zumos, cremas y pedazos de pastel adheridos a mis partes íntimas. Lo normal era que, acto seguido, me hubiera ordenado fríamente que me fuera a lavar, que me vistiera como una chica decente y que después abandonara el edificio. Eso era lo esperado. Y tal vez yo lo habría sobrellevado mejor, incluso ni me hubiera sorprendido alguna referencia a mi comportamiento impropio, acompañada de un rictus de severa y puritana desaprobación. Pero no, nada de eso. A cambio, una amable oferta para quedarme en la piscina y una colección de miradas ambiguas. ¿Era o no era para odiarlo?

Lo detesté inmediatamente, con todas mis ganas. No estaba acostumbrada a que un adulto me tratara de ese modo. Me retaba en silencio, sonriente y parado frente a mí, sin hacer nada. ¿Qué esperaba? No me llamaba guarra e indecente, y tampoco intentaba meterme mano, cosa que podía haber hecho fácilmente, porque allí no había nadie. Me sentía enredada y confusa, y no sabía qué hacer, pero había algo que me obligaba a quedarme quieta, en lugar de salir corriendo a los vestuarios y esfumarme a toda velocidad. Supongo que en la misma medida en que me resultaba cargante me sentía atraída por él. Me perturbaba su mera presencia, tan cerca y yo desnuda, pringosa hasta la médula. En mitad de una situación que debería haberse resuelto de otro modo, desde la lógica de las normas establecidas, y no por medio de una partida de póquer de miradas.

De pronto sentí envidia de Carlota, a pesar de que su existencia la pusiera de vez en cuando al borde del infarto. Su padre era distinto de los demás padres. Sé que mi padre jamás hubiera actuado así, ni los amigos de mis padres, ni los padres de mis amigos. Solo Damián hubiera aguantado el tirón del mismo modo, o parecido, dando confianza, no censurando; apoyando, no quebrando el suelo bajo mis pies; protegiendo o ayudando, no despreciando o insultando; comprendiendo a secas, sin exigencias. Sí, el padre de Carlota tenía un punto de Damián que me llevaba a él y al mismo tiempo me obligaba a rechazarlo. No podía negar que era un tipo altamente atractivo, no solo por su físico, que me arrasaba las feromonas y me secuestraba el aliento, sino por su talante y su estilo a la hora de encarar los asuntos. Era original, y eso yo lo valoraba casi más que la química de la sensualidad compartida.

—¿Cómo te llamas? —pregunté a bocajarro, pues enfangada en mi propia salsa espesa de desconcierto y recreada en la contemplación de su persona, deseé súbitamente saber su nombre, presa de una necesidad inexplicable.

—Hernán —respondió tras unos segundos infinitos—, como Hernán Cortés.

—Me gusta —valoré—. Me gustan los conquistadores con músculo y sensibilidad.

—Y a mí me gustan las mujeres con buen gusto y kiwis metidos entre las nalgas.

—Vaya, veo que eres mi tipo y que yo soy tu tipo. ¿Y ahora qué?

—Si quieres una respuesta directa la tendrás. Si no, lo dejamos aquí.

—Me atrae conocer esa respuesta.

—Es simple, y creo que no te sorprenderá.

—Dila ya.

—Me muero por conquistarte.

—Y yo por que lo hagas, pero tengo el capricho de no ponértelo fácil, dado que mi particular atuendo te ha podido dar una imagen equivocada de mí.

—Te equivocas, Martina, es tu aspecto lo que me lleva a ti como a un imán, pero me frena como nunca me ha frenado una mujer.

—Es bonito lo que dices, pero no lo comprendo del todo.

—La visión de tu cuerpo desnudo me ha producido una turbación inmensa. Estás ahí como un manjar exquisito, ofreciendo tus formas a mi vista enloquecida por semejante regalo. Y algo me impide ni siquiera imaginar tocarte, aunque mis sueños están hechos de ti desde que tuve mi primer orgasmo.

—Pues no lo aparentabas.

—No esperaba encontrarme en la piscina con una náyade empelotada, de curvas portentosas, tetas y culo sublimes, y hasta arriba de pringues. Lo cierto es que el impacto ha sido brutal y me ha costado tiempo rehacerme.

—¿Y ahora?

—Sigo en plena alucinación.

—O sea que no piensas hacer nada.

—¿Se puede tocar un espejismo?

—Algunos lo intentan.

—No así, no de este modo. Podrías desaparecer.

—Pero yo quería jugar a hacerme la estrecha...

—Y lo haces muy bien.

—De eso nada. ¿No ves que te estoy seduciendo sin recato?

—Por eso mismo.

—¿Qué es esto? ¿El mundo al revés?

—Es el mundo como tiene que ser. No hay nada comparable a una mujer hermosa y desnuda animando al varón a que la mime. Es la escena más recatada que he vivido jamás.

—Hernán, me vuelves loca.

—Claro, Martina, esa es mi forma de conquistarte. Todo lleva su tiempo, y yo lo necesito. Quiero hablarlo despacio, contigo.

—No tenemos mucho tiempo.

—Tenemos toda la vida.

—¿Toda la vida?

—Un par de horas pueden ser eternas si se estiran con inteligencia.

—Está bien, tú ganas. Me superas en control. Yo soy una impaciente.

—La divina impaciente.

—No. La derrotada impaciente. Pero es que no imaginas el día que llevo.

—¿Qué te ha ocurrido?

—Hoy ha sucumbido mi última esperanza de ser una mujer como el resto.

—¿Y qué mérito tiene ser como el resto? Lo que yo veo es deslumbrante. No te hagas del montón. Así eres increíble.

—Pues eso, increíble. Por eso no quieres tocarme, porque lo raro da miedo.

—De nuevo cero en sabiduría. Lo raro hermoso no es para tocarlo sin más. Debe ser saboreado en su justa medida.

—¿Y tú de dónde sales? A ver si el espejismo vas a ser tú.

—Así vas mejor. Veo que empezamos a entendernos.

—Ya. Estás aquí por algo. Es el destino, ¿verdad?

—Sí. Pero esta es la primera vez que el destino se va a encontrar con su media naranja. No tiene que hacer nada, solo dejarse llevar...

Y terminando de pronunciar esa frase, Hernán se acercó a mí despacio, sin dejar de mirarme, me agarró los hombros con sus manos perfectas y me rozó los labios con los suyos, casi en el aire, para luego separarlos un par de milímetros y sacar la puntita de la lengua. Con ella me lamió la boca por fuera, y cada vez que yo hacía ademán de metérmela dentro, él se separaba, jugando con mi impaciencia. Me repasaba las comisuras de los labios, dándome lametones jugosos y breves, para después retirar su lengua rápidamente. Y luego iba a mis párpados y los lamía, o a mis orejas, y las succionaba metiéndomela entera, o a mis ventanas nasales, para penetrarlas con aquel húmedo látigo de mi tormento. Tanto me excitaba su trato dosificador, su técnica de retardo, que ya no pude más y me enfurecí. Entonces intenté desasirme de sus manos, pero estas me atenazaron más firmemente, y me hizo su prisionera. Yo enloquecí aún más y me removí de nuevo. Él llevó su boca a mi rostro, y la abrió morosamente para ir a cubrir la mía por entero, restregando su lengua contra mis labios, que yo mantenía sellados con rabia. Entonces soltó una de sus manos y la llevó a mi nuca, me la agarró con fuerza, tirándome del pelo, y ante esa sensación de poder salvaje y masculino, yo sucumbí definitivamente. Abrí mis labios y dejé entrar toda su lengua, su saliva, su deseo como una fiera gata que ha comprendido que no tiene escapatoria y se rinde a la esclavitud de la posesión del macho.

Mi domesticación pasó por varias fases aquella tarde. Sus dulces y apasionados besos me amansaron en parte, pero también me llevaron al ansia por conocer a aquel hombre hasta en las más íntimas notas de su cuerpo. Era la primera vez que un tipo me turbaba hasta el entendimiento. Excepto Damián, ningún otro hombre me había producido una sensación de enigma, de curiosidad y de entrega como Hernán. Pero con Damián yo era un proyecto de mujer, y con el padre de Carlota ya una hembra completa, una hembra sensual y fogosa. Ahí residía la diferencia. Ahora mi necesidad resultaba más compleja, y si jugaba bien mis cartas, su consecución habría de ser al mismo tiempo más satisfactoria. Intuía que tenía ante mí a un rival de categoría, que podía convertirse en un exquisito compañero de juegos. Un individuo listo, rápido, sutil, imaginativo, experimentado y atrayente. La recompensa sería infinita, a pesar de lo efímera que habría de ser. No hay lazos más ardientes que los que la precariedad del tiempo y de las circunstancias obligan a establecer en cuestión de segundos. O al menos eso creía yo entonces.

Tras soltarme el cuello, después de mordérmelo como un lobo a su presa, bajó sus manos hacia mis pechos, y comenzó a acariciarlos ayudado de la crema de nata y chocolate que los inundaba. Todo mi torso era un campo de batalla dulcísimo para las yemas de sus dedos, que manoseaban mi piel como un escultor amasando barro fresco. Cogía mis tetas y las apretaba desde su base hacia fuera, de modo que iban resbalando fluidamente hacia los pezones, que al final estiraba todo lo que estos daban de sí, y pellizcaba como remate, para ir a soltarlos de golpe tras el latigazo de su cruel pinzamiento. Con las mismas premisas, dio la vuelta a mi cuerpo e inició un recorrido de uñas por mi espalda, arañando mi piel y excitándome el sistema nervioso hasta el grito y el límite. Culminó su viaje en mi culo, arribando a mis nalgas y pinzándomelas enérgicamente. Enseguida noté la ensalada de frutas y cremas resbalar, llevada por sus manos, que restregaban el mejunje, una y otra vez, sometiéndome a la locura de dejarme hacer sin remedio.

En un momento dado se arrodilló y su rostro quedó a la altura de mi coño. Acarició mis partes íntimas con su mano confitada. Introdujo el dedo corazón por mi abertura, y con el dedo gordo comenzó a estimularme por fuera suavísimamente. Más tarde sustituyó la mano por su lengua, sorbiendo el dulce, lamiendo la crema, y agarrando de nuevo mis nalgas brutalmente, en acción simultánea, para tenerme atenazada y a su merced, con un dedo metido por detrás a la vez que me pellizcaba, mimosamente, el clítoris con los dientes.

Sin embargo, cuando estaba a punto de correrme él paró en seco, dejándome al borde del orgasmo. No me lo podía creer. Era una pesadilla inexplicable, la acción de un sádico. Mi rebeldía y mi frustración alcanzaron su máxima potencia y decidí darme lo que me faltaba. Aproximé mi mano al coño para terminar de una vez por todas con aquel sufrimiento. Hernán me la arrancó de allí de cuajo, impidiéndome la culminación de una corrida que ya no podía esperar más. Me ordenó que esperara y entonces se bajó la bragueta y se sacó un bicho enorme, bellísimo, rumboso, tieso y elegante, ancho y largo. Quedé fascinada por la visión y se me olvidó de un plumazo la meta que hasta el momento había perseguido con tanto ahínco. Él se acarició el miembro mientras yo lo observaba fijamente. Se recreaba en su meneo delante de mí. Adoro que los hombres se la meneen. Lo siento como una llamada, un homenaje, el cortejo de la hembra, una exhibición de hombría solo para mis ojos. Y Hernán se meneaba ese pedazo de belleza con el taimado gesto de un artista, como si me toreara mostrándome el capote a golpes de cadera, incitándome al ataque, provocándome y al mismo tiempo avisándome del calibre de sus armas.

–Es preciosa, Hernán –dije sin poder contenerme–. Tienes la polla más bonita que he visto nunca. Bueno, si he de ser sincera, la segunda polla más bonita.

–Creo que para valorar tu comentario en su justa medida tendría que conocer el número exacto de pollas que has visto hasta ahora, guapa –respondió con chulería, sin dejar de meneársela en un vaivén que conmovía desde la raíz todos los cimientos de mi instinto sexual.

–No pocas.

–Vale –asintió confiadamente, admitiendo por fin el valor de mi comentario.

–Déjame que te la menee yo un poquito –imploré con lasciva coquetería–. No creo que le haga ningún mal.

–Ven.

Y entonces me acerqué y cogí aquel rabo en mi mano, como quien acaricia a un doberman que ha bajado la guardia por un momento. Comencé a juguetear, a sentir su tacto terso y mullido y suave, su carne firme y delicada, su reventona lujuria. Me gusta esa sensación de poder: el doberman se deja acariciar por mí, agacha la cerviz y se me da confiado. Le doy placer a la fiera y se convierte en una mascota tierna, entregada, agradecida y ronroneante. Come en la palma de mi mano mientras yo la masturbo amorosamente. Y en ese instante vuelvo a percibir que no hay mejor camino hacia el sentimiento que el camino sin mentiras del sexo, el instinto alegre y desinteresado de la cercanía erótica. Aunque no dure, no permanezca, aunque sea cronometrado.

Me arrodillo ante él en señal de respeto. Yo te honro, querido. Honro tu cuerpo, tu rabo, tu presencia, mi macho. Honro todo lo que tú eres, lo contrario que yo, esa otra parte que solo me es dada por ti y que se me hace carne visible en tu polla. La meto en mi boca, poco a poco va entrando, milímetro a milímetro, interminable, hambrienta de mi hambre, poro a poro va quedando encerrada en mi garganta, encajando, arropada con mi lengua que la enrolla en espiral, la tengo toda dentro, succiono mientras alzo mis ojos hacia ti. Quiero comprobar en tu mirada el placer que te doy. Quiero asegurarme de que te enardece mi mamada, hasta un nivel que no hayas conocido jamás. Sigo babeando con el rabo metido en mi boca. Te agarro los huevos, te acaricio la parte interior de los muslos, la raja del culo, el inicio del ano. Me sujetas la cabeza y la guías, hacia fuera, hacia dentro, llevas tu instrumento con la batuta de mi lengua, lo sacas y yo lo chupo hasta su extremo picacho, lo toco como una armónica, lo hago vibrar hasta arriba, por todo tu espinazo, y reverbera en las cuerdas de tu laringe gimiente. Tu rabo transita mi paladar, choca contra sus paredes y se acopla, lo saboreo, me relamo, oigo tus jadeos, tu olor me impregna el cerebro. Cada centímetro de piel está ensalivada, eyaculas tu líquido de lubricar conforme se pone más prieta y gorda. Tiene un sabor único, sin nombre, sin igual. Sabor a polla rica.

Te muerdo los huevos con dulzura y me quedo ahí, con los dientes aferrados al pellejo sublime, como una perrita sumisa que ha ido a recoger su presa por mandato del amo. Espero órdenes y mientras tanto disfruto sin pensar, solo sabiendo que mis incisivos no te hieren sino que te atan a mí. Sigo así, inmóvil, mordiendo tus testículos y tú de pie, arrogante, conmigo arrodillada, manteniéndome asida por el collar imaginario de tu deseo. La foto es un delirio de regia estética. Pareces un rey alzado en su trono, con su mascota a los pies. Soy tu esclava favorita, y tu rabo es la argolla que llevo al cuello, esa atadura más fuerte que el acero y que dicta las órdenes que yo obedezco alegremente. Tienes tus huevos metidos en mi boca, entre mis colmillos, y no parpadeas ni tiemblas. Conoces tu poderío. Te excita la idea de mi sometimiento. Sabes que la fierecilla sucia que yace a cuatro patas bajo tu control no va a apretar más, pero te gusta sentir el riesgo de mis dientes. Te la pone dura. Te prepara para someterme todavía más.

PRINCESA PUTA

Ante la estampa de Hernán erguido en mitad de la azotea con la polla enhiesta, y yo a sus plantas, explotó mi imaginación y atravesé una puerta que no había cruzado anteriormente. Hasta entonces, mi experiencia sexual había sido la suma de dos cuerpos, siempre teniendo clara la diferencia entre ambos, y sabiendo que la pasión erótica era un medio para alcanzar cierto grado de unión física, materializado en el placer de uno superpuesto al del otro. Pero con Hernán el sexo era un baile en pareja. Una coreografía que juntaba dos cuerpos y los volvía una unidad armónica, compuesta de cuatro piernas y cuatro brazos, de dos torsos y dos cabezas.

Sin duda, yo estaba ante un hombre extraordinario. Y esa revelación me hizo estremecerme cuando me levantó del suelo y me llevó a su altura. Allí de pie, cara a cara, sentí una presión feroz en la vejiga y me meé sin poder evitarlo. Él contemplaba el chorro saliendo en cascada por mi entrepierna. Ya nada podía pararme. Hernán metió su polla bajo el chorro de pis.

–Eres una putita mala –dijo sonriendo–. Y te voy a castigar por mearte sin mi permiso.

140

La meada era tan abundante que yo seguía soltando orina, excitada todavía más por sus palabras. Yo era mala, sí, una putita mala que no hacía lo que debía. Una putita rebelde, poseída por sus propios y bajos instintos sin control. Y él me iba a castigar por ello. Por eso yo seguía meando y meando, para que el castigo fuera el mayor posible. Deseaba ser azotada por mi mal comportamiento.

—¿Qué vas a hacer? —le pregunté, entre avergonzada y retadora—. ¿Pegarme?

—¿Es eso lo que temes, putita mala? —me interrogó Hernán, clavándome la mirada en mis pupilas—. ¿O es lo que deseas?

—No sé distinguir entre mi temor y mi deseo —expliqué entonces yo, desafiante y confundida.

—Porque son una misma cosa —sentenció él mientras se sentaba sobre la tumbona atrayéndome hacia sí, corriendo todavía el pis por mis muslos. Me pasó un brazo por debajo de la axila agarrándome con fuerza y me situó boca abajo sobre sus rodillas, manteniéndome firmemente sujeta, con el culo en pompa al cielo abierto de Madrid. Y comenzó a darme azotes en las nalgas, que restallaban en mitad de aquel silencio aéreo de la azotea. Al principio me sentí enrabietada, sometida a sus golpes, y quise desasirme, liberarme de aquella tortura humillante, pero él no me soltaba, musitándome al oído frases arrulladoras y obscenas:

—Has sido mala, putita mía, muy mala, y te estoy dando lo que te mereces. Este es el castigo que las niñas malas deben sufrir por mearse cuando no está permitido. Eres una golfa guarra que no sabe contenerse. Una princesa no puede comportarse como una puta maleducada. Debe controlarse el coño y ser pudorosa. Eres una yegua salida a la que debo castigar por mearse y por querer correrse cuando le viene en gana. Debo hacerlo, es por tu bien, para que aprendas modales, putita hermosa. Tengo que domarte para que sepas estar en sociedad. Convertirte en una yegua recatada que haga lo que yo le ordene.

Su voz era dulce, pero tenía un punto de desgarrada que me hacía vibrar el corazón mientras me azotaba el culo. Transmitía la existencia de un lugar oculto y atormentado en su garganta. Era como si él mismo se estuviera castigando, a través de mi cuerpo, intentando domesticar la incómoda espontaneidad de sus instintos. Me sobrecogió de tal forma su trato que me sentí querida de pronto. Era un padre preocupado por su hija descarriada, ejerciendo el amor del único modo en que sabía. A bastonazos. Y entonces, aquel temor a ser azotada y castigada que me invadía se convirtió en placer de golpe. Ya deseaba más y más latigazos de Hernán, y mis nalgas recibían aquellos golpes con la conciencia de la necesidad. Yo necesitaba ser azotada, domesticada, moldeada. Gemía de goce ante el estímulo de sus manos sobre mi carne ardiente, y a cada mandoble mis miembros se convulsionaban de gusto, palpitando erizados de energía.

—Te gusta, ¿verdad?, te gusta que te azote. Tus gemidos te delatan, preciosa zorra. Quiero que grites y te revuelques de placer. Es lo que tu amo exige. Me gusta ver tu rebeldía en sazón, domeñada a base de latigazos en tu culo de princesa puta.

Y mientras me flagelaba por detrás, me apretaba uno y otro pezón con la otra mano, tanto que me dolían casi más que las posaderas. Pero ese dolor era exquisitamente violento, penetrante hasta la médula de la voluptuosidad, rabiosamente vivo. Me dejaba sin aliento, me contraía los músculos y me desmadejaba la carne, al mismo tiempo que notaba que me abría a Hernán desde las entrañas, dándome a él como nunca me había dado a ningún otro hombre, ni siquiera a Damián. Y yo gritaba enajenada, pidiéndole que me pegara más, que me hiciera daño, solo para sentir más intensamente esa apertura de mi cuerpo y de mi alma, ese salírseme los hígados y el corazón por todos los poros de mi piel.

—Mátame, Hernán, mátame de dolor y de placer —acabé por pedir a mi conquistador, turbada por mis propios sentimientos, que afloraban sin remedio y que me hacían tan vulnerable, tan débil y entregada, y al mismo tiempo tan dichosa de poder liberarlos de una vez por todas. Pero no quería vivir con ellos, ni dentro ni fuera. Sabía que me harían daño, ya fuese doblegados ya fuese libres. Sabía que acabaría por sucumbir a causa de ellos. Deseaba morir sobre sus rodillas, en el acto, allí mismo, descerrajada por un latigazo de pasión. No quería seguir viviendo, a la vista de mis vísceras desnudas, conociendo la verdad sobre mí misma. No quería ser una yegua salida, una zorra mala, una putita guarra, ni tampoco deseaba ser una princesa recatada o una fiera domesticada. Si me hubieran dado a escoger algún papel, hubiera elegido el de princesa puta, ese que tan certeramente había mencionado Hernán. Parecía conocerme tanto mejor que yo misma. Me había definido a la perfección. Había sabido ver lo que con tanto esfuerzo ocultara yo al mundo. Que alguien supiera conocerme tan hondamente me emocionó, pero me rasgó el alma de parte a parte. Porque tomé conciencia de que no había espacio para mí si no era en azoteas lujuriosas, pasajera de alfombras voladoras de azul y agua, en brazos de hombres fuera de lo corriente, escasos y fugaces. Por eso lo mejor era morir en un instante de extrema ilusión, donde la magia era real y el cuerpo un caño roto por el que se me salía el éxtasis de la revelación más dura y triste.

Pero Hernán no me mató, como yo le pedía, sino de otro modo más cruel y prodigioso. Cesó los golpes, me levantó de sus rodillas, se irguió, me acostó tiernamente sobre la tumbona, me besó en los labios y luego comenzó a desnudarse, despojándose de su ropa manchada.

Mis ojos se regalaron entonces con una visión fulgurante. Su bronceada carne madura tomó la forma de una estatua de atleta que hubiera cobrado vida. Un atleta juvenil pasado por el fuego lento de los años. Con la justa flacidez que permite disfrutar de lo blando, con la justa presencia de grasa que evita la dureza desagradable de un culturista inflado. Con un principio de exceso de vientre, mullido y acogedor. Un pecho masculino, rotundo y definido, dos montes de vello ralo, apenas musgo y espuma pintados sobre la piel.

El cuerpo de Hernán parecía levitar mientras yo lo observaba en todos sus detalles. Su polla alzada, robusta y vibrante, daba al conjunto el toque exacto de perfección del momento. Era un espectáculo divino que me electrizaba totalmente. Yo deseaba ser engullida por aquel animal de hombros sinuosos, de caderas discretas, de líneas ergonómicas, de mórbida presencia, de esbeltas piernas de potrillo juguetón, de culo blanco y mortalmente hermoso. Y cuando aquel cuerpo me abrazó tiernamente, el mundo quedó ajeno. Solos el mar y yo. Cubierta por un nuevo cielo, volé en brazos de Hernán y sus caricias, que eran rasgados de violín sobre la cuerda del deseo.

Finalmente nos desbocamos. Él desplegó un salvaje y despiadado magreo, a base de fieros apretones, sobre mi carne, al tiempo que sus besos de tornillo, dentelladas de lengua y labios en mi boca, me dejaban sin respiración, como si supieran con exactitud qué clase de tratamiento anhelaba yo en ese instante. La enajenación absoluta. Y yo tocaba su culo, me enfangaba en su tacto, y subía por su espalda y aferraba sus músculos y lo apretaba contra mí, y besaba su cuello, baboseaba sus orejas, acariciaba su torso y dibujaba la completa morfología de su silueta con las manos, volviendo a diseñarlo tal como era. Porque aquella estructura carnal, con todos sus pormenores, daba sentido al arte por sí sola.

Para cuando quise darme cuenta, Hernán me estaba abriendo, primero los muslos y luego todo, con las yemas de sus dedos.

–Y ahora te voy a montar, yegua mía –me anunció con rabia enamorada–. Te voy a cubrir, te voy a poseer, te voy a hacer gozar, princesa puta.

Dicho y hecho. Hernán me metió su verga por entre las piernas con primor paternal, paso a paso, centímetro a centímetro de polla dura, lubricada por todas las olas de almíbar que mi excitación había supurado. Hernán me penetró hasta el final del interior de mi guante estrecho, nunca estrenado hasta entonces. Lo hizo contenidamente, ralentizando cada milímetro de embestida, entrando al corazón de la oscuridad sin más armas que el ardoroso impulso de su instinto de macho ebrio de lujuria, pero de la mano de una exquisita y civilizada técnica de amante seducido por el placer de la sensibilidad. Dosificando, modulando, regodeándose en el primer estadio de la penetración.

Y una vez dentro, todita dentro, encajada, Hernán me dio un golpe seco y fuerte, echando hacia atrás la cadera y empujando contra mi vientre, como si quisiera asegurarse de que ningún hueco quedaba por llenar, invadir, ensartar y penetrar, transmitiéndome un mensaje de posesión integral: estoy todo yo dentro de ti, entérate, querida. Era el golpe de gracia con el que me advertía que la delicadeza no le quitaba un punto de virilidad a sus actos, con el que me afirmaba la constatación de su hombría y su necesidad de dominio, de rendición sin condiciones. El golpe de gracia que, sin él saberlo, descorchaba mi virginidad y la daba a beber a los leones del circo, y que entregaba mi vagina, desde ese momento, al resto de los hombres que por ella habrían de pasar.

No hubo dolor físico, el esperado flechazo lacerante de la primera vez. Hernán supo sustituirlo por un pinchazo apenas percibido, instantáneamente arrasado por el placer de tenerlo dentro de mí.

–Tu vagina es el hueco perfecto de mi polla –me susurró al oído mientras rebañaba mi interior, como verificando la verdad de su aserto–. Después de tanto buscarte, por fin te he encontrado. Está claro que eres la elegida, Martina.

Y acto seguido comenzó el segundo estadio de la penetración. La cabalgada del pura sangre sobre la yegua que no sabe decir que no. La hembra desnuda, abierta de patas, que siente cómo la dan de sí en la horma y quiere que sea así, porque sabe que tiene que ser así, porque lo desea más allá de su pequeño reducto de rebeldía, porque es deleitoso y se ha negado una y mil veces y ya no puede negarse a este macho que se ha ganado su monta a pulso. Es un alivio placentero saber que uno puede decir que no hasta el punto en que ya no puede negarse. Y esa fue mi elección aquel día. Yo escogí a Hernán no diciendo que sí, sino no pudiendo decir que no a la fuerza irreductible de su cálida embestida. Fue como si la vida llegara a mi puerta como una ola gigante que se llevara el felpudo y el marco de madera y el timbre, para instalarse de golpe en mi cama, sin darme tiempo siquiera a invitarla a pasar a tomar café. No hay lugar para cortesías, para caballerosas dilaciones cuando el deseo, el frenesí, el impulso arrollador de la vida llama a la puerta. No. La vida jamás ha leído un manual de buenas maneras. Y aunque Hernán era un hombre gentil, educado, elegante, era a la vez el loco jinete que venía subido a la tromba de la vida, manejando las riendas con la alegría del mayor inconsciente, del más audaz jugador, de quien sabe que va a coger lo que es suyo, no solo porque ha sabido trabajárselo, sino porque ha sabido reconocerlo entre los ocultos renglones de su destino. Porque la vida, señoras y señores, es de quien le prende fuego y se quema en su hoguera arrojadamente, para iluminar con la llama de su propia leña el pozo oscuro de los deseos.

Así, yo me regalé a Hernán como él se regaló a mí. Y me dejé montar todo lo que él quiso y más. Sin tregua. Yo estaba tan excitada que me corrí a los cinco minutos de que iniciara la marcha. Es que tenía razón, el muy condenado. Encajaba como anillo al dedo, de tal forma que su roce en mi clítoris iba aumentando el placer paulatinamente, y él sabía moverse, sí, cómo se movía Hernán, cómo manejaba el sable, dando mandobles certeros, floreados, a mi vulva en celo. Y cuando me corrí, porque ya me subía el goce sin parar reventándome cada pliegue, a cada gemido mío él se sonreía y empujaba cada vez más fuerte, para que mi orgasmo le explotara en la polla todavía más fieramente, con toda su retenida carga de voluptuosa lujuria.

Al terminar el último suspiro de mi corrida, Hernán se retiró para no descargar dentro de mí. Mis gritos lo habían excitado tanto que a punto estuvo de dejarse llevar por la locura. Cuando la tuvo fuera, asaltó de golpe su mirada la sangre que la impregnaba. Bajó entonces los ojos a mi entrepierna y presenció el cuadro de mi desvirgamiento. El flujo encarnado reclamaba un protagonismo que yo hubiera deseado ocultar a toda costa. Me acarició y luego se miró la mano, mojada de rojo intenso. Hernán parecía ser de esas personas que necesitan tocar para creer. Luego buscó mi vista, azorado, perplejo, empezando a comprender por fin.

—Vale, tengo la regla —comenté frívolamente—. ¿Eres de los que les molesta?

A lo que él respondió sin palabras, agachando el rostro y lamiéndome la sangre como un vampiro enajenado de gusto.

—Tu sangre, Martina, es mi veneno —dijo como recitando un texto—. El himen de los dioses hecho materia. Solo deseo haber estado a la altura de tu ofrenda.

—Lo has estado, Hernán, como no te imaginas. Tanto, que me has hecho olvidar lo desagradable de este trámite femenino. Tanto, que me has hecho probar algo que por principio detestaba y negaba. No por puritanismo, sino por rebeldía.

—¿Y qué tal?

—Ven, anda, ven aquí.

Le agarré la polla y se la masturbé cariñosamente para completar la erección que en parte había perdido.

—En esto soy una diosa —lo informé—. Y ahora, métela por aquí, anda.

Me cogí las tetas y las apreté una contra otra, dejando un espacio en medio donde Hernán encajó su miembro. Durante un rato sentí la bravura de la bestia. El roce de su fina piel en la mía esbozó rojos surcos que se fueron ensanchando conforme Hernán pisaba el acelerador de su pasión, cada vez más deprisa, y finalmente se paró en seco, como un león marino varado sobre la playa, ensangrentado por el arpón del placer máximo. Era la señal del comienzo de la descarga. Cuando inició su salida el esperma, volvió a su vaivén frenético, subido a la noria del orgasmo, gritando a los cuatro puntos cardinales el nivel de su gloria.

El semen de Hernán pringó mis pechos, me salpicó la cara, me cegó los ojos y se me coló en la boca. Todo Hernán sobre mí. Se desplomó su cuerpo herido de muerte. Me abrazó. Un poco más tarde, volvió a penetrarme. Volví a correrme, volvió a correrse.

–Mi necesidad de ti es infinita –dijo.

Y el licor que aquella tarde, al ser abierta, expulsó la botella de mi desvirgamiento, rojo y espeso, vino a llenar las copas de nuestra pasión durante seis meses.

RESCATE

Hernán apareció en mi vida cuando había estado a punto de tirarme al vacío, ebria de alcohol y hastiada de ocultarme la verdad, enfrentada a mi propio desamparo. Yo no lo vi llegar. Solo sentí unos brazos fuertes y seguros, unas manos firmes que me elevaban hacia el cielo, poniendo alas a mis pies. Ya no podría caer, volar contra el suelo, hacia el asfalto mortal. Ya no podría apuntar a la diana de algún paso de cebra que hiciera de casual ataúd para mis desvaríos. Ahora subía en dirección contraria a mi previsto destino; volaba hacia donde uno tiene que volar por lógica. A las estrellas.

Un ángel o un demonio, Hernán obró el milagro aquella tarde. Salvó mi cuerpo de estrellarse tarde o temprano en la calle. Desnudo y frágil, asilvestrado y montaraz. El cuerpo de una niña tan cansada de echarse al monte que prefiere en su lugar echarse a la deriva de la muerte. Una niña que para ser rescatada debe ensayar la destrucción absoluta.

YEGUA DOMESTICADA

Alquiló un apartamento solo para que nos viéramos. Yo salía del colegio, llegaba a casa y decía que me iba a estudiar con Carlota. Entonces me recogía el chófer de Hernán a la vuelta de la esquina y me llevaba al picadero clandestino de mi amante. Era un riesgo grande, pero nunca pasó nada. Mis padres jamás llamaron a casa de mi amiga para comprobar si en efecto pasaba las tardes allí preparando los deberes. He de reconocer que la falta de interés de mis progenitores por lo que yo hacía me vino bien en aquellas circunstancias. Solo les importaba que trajera buenas notas y que no me saliera del redil de lo establecido. Su única zozobra era la posibilidad de que me pudiera convertir en lo que más los espeluznaba, una «adolescente problemática». Pero, en lo aparente, mi vida era una transparencia de rectitud y serenidad, una balsa tranquila de maduración gradual. Por lo demás, yo no necesitaba estudiar, porque mi cociente intelectual me permitía leerme de corrido las lecciones, una sola vez, para memorizarlas por completo. Así que mi vida secreta estaba a salvo.

Hernán convirtió mis últimos meses de colegio en una fiesta orgiástica, haciendo del aburrimiento de las clases una espera jubilosa cada mañana. A veces tenía que esperarlo en el apartamento, porque se le acumulaban los compromisos de trabajo. Las comidas de negocios las terminaba en mis brazos, algo bebido y eufórico. No sé decir cuánto follamos, pues aquellos meses me parecen ahora el escenario de un rapto alucinógeno. Lo único que sé es que Hernán me folló y me folló hasta reventar. Solo pensaba en montarme, y cuando iba a llegar con retraso, me llamaba por teléfono al picadero únicamente para recordarme que, en breve, yo iba a ser suya. Me convertí en una obsesión para él, y comencé a tomar la píldora para que pudiera descargar en mí todo su deseo sin intermediarios. Mi amante odiaba todo lo que se interpusiera entre él y mi cuerpo.

Normalmente llegaba ya con una erección en marcha. Le gustaba que lo recibiera desnuda en el umbral de la puerta, tan solo vestida con unas sandalias de finísimo tacón de aguja, altas como un rascacielos. Decía que esa imagen me hacía más vulnerable. Detestaba la lencería, incluso la más provocativa, porque –según explicaba– no hay vestidura más bella que la propia piel. También le gustaba que de vez en cuando me rasurara el vello púbico. A veces lo hacía él mismo. Me lo llenaba de nata montada y luego iba cortando el vello hasta dejarme la vulva totalmente al descubierto. Luego me lamía y mordía haciéndome saltar las lágrimas de gusto. Como no siempre me corría cuando me penetraba, se extasiaba estimulando mi clítoris hasta hacerme llegar al orgasmo con una masturbación que me llevaba a gritar como una vaca. Estoy segura de que mis mugidos atravesaban todas las paredes del edificio y salían por el portal escandalizando a la ciudad entera. Hernán decía que el placer debe ser mutuo, porque si no, se deteriora y se acaba. Decía que el orgasmo de las mujeres es tan esencial como el de los hombres, y que el secreto de una buena relación, de una pasión duradera e infinita, es la corrida asegurada para ambos. Por eso mimaba mis orgasmos, y jamás me dejaba ir sin mi ración de éxtasis.

Subida al andamio de los tacones, inestable y en pelotas, yo paseaba por la salita de estar, dándole gusto a los ojos de mi presidente, que disfrutaba observando como mi cuerpo se iba esponjando, se ofrecía, e iba llenando despacio el volumen de nuestro deseo, mientras mi amo, sentado en el sofá, se la meneaba impúdicamente para mí.

Jugábamos incesantes a todos los juegos del placer. Me había comprado una correa de perrita, una cadena para el torso y un látigo de látex, además de un vibrador. Decía que yo era su esclava erótica y que debía obedecerle. Me ponía la correa al cuello y me llevaba a cuatro patas por el apartamento, y yo me arrastraba por el suelo con los muslos bien abiertos, siempre preparada para atender su capricho. En ocasiones, sacaba el vibrador de un cajón, me tumbaba abierta en la cama, lo introducía muy dentro y lo manejaba como un florete haciendo dibujos en el interior de mi vagina; lo metía y lo sacaba amplificando la velocidad mientras me acariciaba la vulva hasta que me ponía al borde de la corrida. Justo en ese momento sacaba el aparato, dejándome rabiosa de necesidad. Entonces me colocaba sobre sus rodillas boca abajo y me lo metía hasta el fondo por detrás, untado de crema. Allí lo dejaba vibrar, me situaba de rodillas y me ponía a hacerle una larga, cariñosa y concienzuda mamada, con los calambres de gozo del vibrador como banda sonora de fondo. Cuando ya la tenía tan gorda y turgente que le iba a estallar, nos íbamos sobre las sábanas. Me montaba alegre y enajenado, diciéndome palabras obscenas, llamándome su puta, su esclava, su princesa, me lamía la boca, el rostro entero, me tiraba de la melena para recordarme su poder y mi sumisión, y me apretaba las carnes en un abrazo desgarrado que dislocaba no solo mis miembros sino también mi conciencia y mi voluntad. Y yo masajeaba su verga con los músculos interiores de mi vagina mientras él entraba y salía; le agarraba ese culo maravilloso y lo apretaba contra mí para que no se me saliera ni un solo centímetro de su rabo, porque únicamente cuando lo tenía todo dentro mi alma descansaba de su terrible soledad.

A veces me zurraba con el látigo dulcemente y eso me ponía a cien. Me gustaba ser castigada por sus manos, sufrir mil torturas que enardecían mi piel y me arrancaban los más ardientes gemidos, para ir luego a refugiarme entre sus brazos, convertidos de pronto en bálsamo curativo, en un chorro de miel que calmaba a un tiempo el ardor de mis nalgas y el tormento de mis fantasmas interiores. Porque la ternura de Hernán era cutánea y a la vez traspasaba la piel, llegando hasta la médula más sensible de mi fragilidad.

Otras veces me vestía la cadena, artilugio que marcaba con su trazo de fríos eslabones todas las aberturas y salientes de mi cuerpo, y que aherrojaba mi cuello, tobillos y muñecas. Me la apretaba fuerte, y después me ataba a la pata de la cama, dejándome tirada sobre la alfombra un rato, mientras él atendía algún asunto urgente de negocios por teléfono. Decía que cuando él no podía atenderme, debía esperarlo dócil y sometida, como hacen las buenas perritas, y que no podía permitirse dejarme libre y sin control, porque yo le pertenecía. Hubiera querido tenerme así a todas horas, encadenada, para que no saliera a la calle ni conociera a otros hombres. Sólo para él.

Pero del mismo modo que decía eso, Hernán amaba

la libertad. Yo nunca me sentí tan libre como con él. A pesar de lo que pueda parecer, sus castigos, latigazos y ataduras eran un juego de poder ficticio, porque los lazos que nos unían eran recíprocos, y tan atada estaba yo como él a nuestra pasión, ese amor irrefrenable, extasiado e infinito, que nunca quisimos llamar amor.

Y para demostrármelo y demostrárselo a sí mismo, un día que le abrí la puerta del apartamento como de costumbre, en pelotas y tacones, venía acompañado de su chófer. En un principio quedé petrificada en el umbral, y cierto aire de pudor quiso ocultar mis tetas y mi pubis rasurado a los ojos de aquel extraño no tan extraño para mí, aquel a quien yo había maltratado en mi casa la tarde que conocí a Hernán. (Mi amo conocía la historia, pues yo se la había contado tal como pasó.) Por otra parte, la excitación y la humedad de mi entrepierna, preparadas para encontrarse con mi amante, y el hecho de que el chófer viniera en su compañía, me llevaron a asumir con celeridad que se trataba de un juego organizado por Hernán, y como yo confiaba ciegamente en él, esperé en silencio las órdenes que habría de darme.

Me susurró, mientras me tocaba el culo y mojaba sus dedos en los zumos de mi fresa, que había traído a su chófer para que me montara, pero solo si yo quería. Mi ansiedad de follar era tan grande, y las manos de Hernán tan mágicas a la hora de inflamarme de deseo carnal, que le dije que sí al oído sin pensarlo, lamiéndole la oreja y comiéndome su cuello.

Entonces me entregó al chófer, y sin transición las manos de este heredaron el poder de mi amo sobre mí. El tipo se desnudó, me arrodilló y me metió en la boca su rabo gordo y caliente con la expresión de alguien que por fin, después de mucho tiempo de anhelo, tiene delante de sí la consecución de sus sueños. No era la jubilosa polla de Hernán, sino una polla vengativa en busca de su revancha. Tampoco era su tacto ni su olor.

Cuando se la hube puesto a tono, tan tiesa como una farola, me llevó al dormitorio, me tumbó sobre la cama, me sujetó las muñecas con la cadena que yo había preparado para mi amo y me penetró como una fiera contenida, todo músculos en tensión. Así estuvo por espacio de una hora, cambiándome de postura sucesivamente, chun chun, chun chun, por delante, por detrás, de lado, encima, debajo, al borde de la cama, a cuatro patas, elevada contra la pared, bajo la ducha. Tenía tal fuerza que manejaba mi cuerpo como si fuera el de una muñeca hinchable, y tal habilidad que hacía que mi carne pareciera de plastilina, amoldándose perfectamente al mandato de sus manos de alfarero. Yo me dejaba llevar por el río de su ímpetu, poseída por los instintos más animales, pero algo muy íntimo venía a desafinar aquel concierto de puro sexo en acción, mientras al otro lado de la puerta abierta podía observar a Hernán, sentado en el sofá, mirando cómo su chófer me cubría. Incapaz de correrme, y al cabo de una y mil embestidas, una angustia inexplicable se inició en mi estómago, recorrió hacia arriba mis entrañas y salió por mi laringe en forma de grito. «¡Déjame, basta, sal fuera de mí!», le chillé a aquel macho cabrío, pero ya era tarde, porque en ese mismo instante le estaba llegando el orgasmo, doloroso, brutal, desaforado, y sus jadeos de verraco se confundieron con mis gritos de rebeldía.

Enseguida se salió de mí, me miró delicado y en silencio, se levantó, cogió su ropa, se vistió y se fue por la puerta sin decir palabra. Cuando Hernán vino a desatarme estaba llorando. Entonces yo también lloré, descargando la angustia que me invadía y conmocionada por las lágrimas de mi amo. Él cubrió mi cuerpo con el suyo y me abrazó con su corazón hecho capa de terciopelo rojo. Más tarde, cuando recuperamos el tono vital medianamente, me dijo que eso era la libertad, pero que la libertad del otro, aun cuando era un hecho irrefutable, nada tenía que ver con determinados sentimientos. «La libertad se da por definición, y nadie es dueño de nadie. Es sano saberlo y aceptarlo. Tú no eres mía, Martina, y puedes irte con otros —afirmó—. Sin embargo, no quiero saber jamás lo que haces fuera de estas cuatro paredes. He sufrido la muerte viéndote en brazos de otro hombre. He querido saberlo, y mi castigo ha sido este espectáculo de terror. He deseado matar a mi chófer, matarte a ti y luego matarme yo. Pero todo eso es mío. Tú no tienes por qué cargar con mis miedos, mi obsesión o mis debilidades. Tú eres libre, y yo necesito que sea así. Ahora bien, jamás me cuentes nada, ¿lo oyes?, nada.» Y luego añadió: «Me he dado cuenta de que la intimidad es un círculo cerrado donde no caben más que dos de una vez. Ese instante es sagrado y su violación provoca dolor y desquiciamiento. Tu intimidad con otros es tuya, no mía, y el hecho de que yo la asuma como posible y acepte los términos de esa verdad legítima, no significa que tenga que estar al corriente de su existencia.» A lo que yo respondí febril: «Solo quiero follar contigo, Hernán. Solo contigo. No necesito a otro. Tú me llenas. Esa es otra gran verdad que no está de más admitir, que puede haber un amante tan hábil y entregado que me sacie del todo. Y ese eres tú sin duda. ¿Para qué voy a querer a otro?»

—Prométeme que el día que dejes de desearme me lo dirás sin tapujos.

—Está bien, Hernán, si lo quieres así, el día que ya no me moje contigo serás el primero en saberlo.

—Ese día desapareceré de tu vida. No podría soportar estar contigo con menos de lo que tengo ahora, sin tus humedades, sin tus ojos cautivos por la pasión, sin tu arrebato, sin tu entrega absoluta.

Y tras pronunciar aquellas solemnes frases, mi amante comenzó a besarme, abrazarme y acariciarme, y con sus besos, abrazos y caricias curó y cicatrizó la extraña herida abierta aquella tarde en mi piel.

En realidad, Hernán era un poeta encubierto, y un romántico que se escondía de sí mismo y de los demás, lo mismo que yo. Juntos y a resguardo, inventábamos el mundo y nos dejábamos llevar por la imaginación. Era como mezclar dos cajas de sorpresas, él y yo, e ir sacando todo lo extraordinario que guardábamos en su fondo. Nunca dejaba de asombrarnos nuestra capacidad para urdir fantasías y convertir lo vulgar y corriente en algo hermoso y sentido. En nuestra cueva oculta, vivíamos aislados, como dos náufragos a gusto en una isla inaccesible.

También Hernán era un trasto, travieso y juguetón. Decía que no había sido dotado de moralidad al nacer, y en eso yo me identificaba al máximo. Su filosofía era la de ordeñar el momento. Entre nosotros no había planes más allá de unas horas, y a mí me hacía tan feliz que solo podía estarle inmensamente agradecida. Yo lo adoraba, lo veneraba y lo respetaba, sin plantearme consideraciones de otro tipo. Lo social, lo conveniente, lo debido, lo moral, eran conceptos borrosos e indefinidos para mí frente a la sólida y tangible presencia de todo él. Las palabras *adulterio* o *corrupción de menores* eran piezas inertes del diccionario, perdidas entre otros millones de vocablos, sin el más mínimo significado. La felicidad, indudablemente, siempre reside fuera de la ley. Ese era el axioma que yo había traído tatuado el día de mi nacimiento. Todo lo bello de mi existencia pasaba por ese breve enunciado. Lo ilícito, lo pecaminoso, lo sucio, lo prohibido, lo morboso, lo amoral, serían censurables fuera, pero entre las cuatro paredes de aquel apartamento se metamorfoseaban en lo divino. Eran el magma excelso de la felicidad realizada. Tan breve como una lluvia de verano, pero tan corpórea y palpable como el pisotón de un elefante.

No, en ningún momento me vi asaltada por el remordimiento o la culpa, por el miedo a mis actos. Jamás juzgué a Hernán en su lascivia, o en su inmoralidad, porque eran el instrumento de mi dicha. ¿Cómo podía juzgar a un ser tan extremado, dulce, loco, seductor, listo, genial, optimista y tan atractivo?

Hernán decía que el mejor modo de reírse del mundo era correrse a gritos, retando al planeta entero por mediación del vecindario hecho bocina, y que de este modo tal vez así se contagiara la pasión a todo el barrio, del barrio a la ciudad, de la ciudad al país y del país a los cinco continentes, de forma que un buen día amaneciera el cosmos regado de semen en una eyaculación global, todos follando a un tiempo, hombres y animales. Decía que la vida no tiene sentido si no es por esos instantes de placer mágico en los que te unes a otro cuerpo para fundar un órgano de amor liberado de toda mugre, de todo dolor, de toda rabia. Decía que...

Todo lo que decía Hernán un buen día dejó de decirlo. No porque dejara de sentirlo, sino porque se fue, y como único legado me quedaron sus teorías. La práctica finalizó una tarde a última hora. Sus caricias, sus besos, su tierna verga, sus empellones, sus cabalgadas, sus dedos húmedos. Todo se esfumó como el final de una emisión televisiva. Fundido en negro.

Era bueno en su trabajo, tanto que la Junta de Accio-

159

nistas decidió enviarlo a la sucursal de Nueva York, para que, cual abeja reina, fecundara un enjambre de oficinas por todo el país. Y él no se negó.

La tarde de nuestra despedida fue la cúspide de la relación. Es como si todos aquellos meses no hubieran sido más que un simulacro de lo que podía darse verdaderamente entre nosotros. Los seis meses de entrega amorosa supusieron la base de lanzamiento al espacio de un misil erótico de infinito y explosivo alcance. Un sucesivo crescendo que derivó en la nota más aguda nunca antes emitida por garganta humana. El polvo sideral derramado en la mayor corrida simultánea de la historia.

No hubo tiempo, pues, a que pudiéramos dejar de desearnos. Es más, me dejó con la conciencia de que jamás hubiéramos dejado de hacerlo. Nuestro deseo era especial. Se retroalimentaba con el paso de los días, porque cada vez nos conocíamos mejor y, por consiguiente, follábamos mejor. Pero no era solo la mera compenetración sexual lo que nos unía. Éramos perfectamente diferentes y perfectamente iguales. El punto exacto de afinidad y oposición como para que lo que teníamos en común nos permitiera entendernos en todos los matices que implicaban nuestros parecidos modos de ser, al tiempo que aquello que nos distinguía aportaba el atractivo contrapunto de la polaridad, y ese halo de misterio necesario en toda historia de amor.

TODOS LOS MARES SE SECARON

Dos abandonos. Iban ya dos abandonos. Primero Damián, y luego Hernán, haciendo de la rima de sus nombres el verso implacable de mi destino. Cuando se fue Damián me hundí en el pozo más siniestro, donde las aguas me cubrían por completo y donde viví aguantando la respiración lo justo hasta que llegó Hernán. Pero cuando Hernán se marchó todos los mares se secaron. No quedó manantial, laguna, charco o gota miserable. No quedó un átomo de agua sobre mi mundo. Aquellas olas cálidas de su amor fueron sustituidas por kilométricas dunas de una aridez sin apellidos. Y mi sed, que había sido insaciable –y en la misma medida saciada– desde que conociera a Hernán, se acabó. Porque la sequedad se trasladó a mis venas y entonces dejé de necesitar líquidos. Fue un proceso mental bien cimentado sobre la base de la náusea del vacío. ¿Para qué tener sed? Ya no quedaba una gota del licor que me envenenaba tan suavemente. Hernán se había llevado la última botella metida en su maleta, facturada en el aeropuerto camino de la Gran Manzana.

Sabía que jamás podría recuperarme de este segundo abandono. Era la constatación de mi destino. Tal vez porque era mala, una mujer infame, Martina la fuera de la ley, la que vive apartada de los ojos de Dios. Pero los ojos de Hernán eran lo más esplendoroso de mi paisaje. ¿Cómo no caer? No pude evitarlo. Me prendí de su mirada y luego pagué el precio exacto. La ceguera de por vida. En todo caso, volvería a hacerlo.

Pero pronto se hará de día. Es difícil seleccionar lo que quiero decir. Lo hago desde el agobio de la prisa pero también con el deseo de no escamotearos ningún detalle. Y ahora me angustia sentir que se me está acabando la oportunidad de contároslo todo antes de que se rompa el hechizo de la Martina impecable, de la Martina pública, la eficiente, la ejemplar, la casta, honesta y recatada. Cuando me quite el hábito blanco de novicia, quedará al desnudo un cuerpo de cuarenta y un años espolvoreado de la sal del pecado. Y sin embargo, es mi verdadero cuerpo. Sin vergüenza, sin pudor, e incluso con orgullo. Nunca pensé que podría pronunciar esta palabra, y menos escribirla para que la leáis todos. Pero ahora me doy cuenta de que lo que yo hubiera necesitado era saber que no estaba sola en este entierro. Tal vez a alguno de vosotros le valga el escucharme. O quizá esté sola.

Pasé los años anestesiada, sin rumbo existencial, con la programación de un androide. La posible vuelta de Hernán era una utopía. Y de haberse cumplido, hubiera sido aún más insoportable. Me dediqué al pillaje de besos y polvos rápidos, sin rostro. Yo no quería mirar a las caras que me metían su lengua en la garganta. Porque ya no me quedaba estómago para resistir las ataduras de hipotéticos lazos afectivos. Pero seguía necesitando ese instante de calentura cruelmente dulce de las pieles de unos y otros tapando los agujeros de la mía.

Estudié Derecho, como mi padre, y lo hice bien. Maquinalmente me introduje en el cerebro citas, leyes, casos y latines. Y aun tuve tiempo de chupársela a algún que otro catedrático. No lo necesitaba para sacar sobresalientes y matrículas, pero, ya puestos, me tentaba probarlo todo, codearme con aquellos preclaros cerebros, atender al llamado de su procaz libido y verlos babear de deseo súbitamente devueltos al ardiente escozor de la adolescencia. Y también me tentaba –por qué no decirlo– que me lamieran el coño en su despacho, o que su anillo de casados se impregnara ansiosamente de mis humedades, oyendo en mis oídos su respiración jadeante. Mientras que a ellos les fascinaba poder meterme mano sin tener que dar nada a cambio. Mis únicas posesiones eran una maleta de recuerdos que yo abría todas las mañanas para arrojar al río de la nada. Y tantas veces vacié aquella maleta de su mismo contenido, que por fin quedó exenta. Allí metí a partir de entonces a la Martina oscura y ebria, a la Martina que buscaba en la basura el encanto perdido, el paraíso inexplicable. Y la que llevaba las riendas de los actos exteriores, la que pintaba una conciencia de cartón piedra en el atrezo de su vacío, era Martina la cínica, la descreída.

Para ocultar mi negro corazón, ese corazón tantas veces repudiado pero al que yo volvía una y otra vez a refugiarme, y para permitir su supervivencia en la clandestinidad, me convertí en Martina la norma. Juré ciegamente los cien mil mandamientos y preceptos de la buena sociedad, de las buenas costumbres, de las buenas compañías, y me metí en política. Entré en el partido cuando estaba a punto de terminar la carrera. Me arrastró a ello un modélico novio que yo me había echado solo por coronar más convincentemente mi entrega a la causa de los correctos, de los decentes.

Recién salida de la Facultad de Derecho comencé a

163

ejercer en el bufete de mi padre, que era socio de una firma de prestigio fundada por mi abuelo y otros colegas. Y me apunté en el turno de oficio. No se me daban mal los casos de injusticia extrema. Me seducía la lucha contra lo imposible. Pero mi padre no aprobaba esos delirios de quijotismo que me poseían cada vez que iba a los juzgados y me disuadía sutilmente, sin enfrentamientos directos, cargándome de legajos pendientes y de entrevistas con empresarios de medio pelo a los que lo único que interesaba era blanquear sus turbias finanzas o librarse de algún trabajador incómodo. Como por otra parte ver los rostros de los afectados por desgracias increíbles pero ciertas, observar las manos crispadas de los estafados, de los arruinados, de las violadas, de los aplastados por la bota de cualquier poderoso repugnante, y de todos los parias de la tierra, me ponía enferma, me retorcía el hígado y hasta me emocionaba sin que yo pudiera controlarlo, no tuve dificultad en apartarme de esa senda paulatinamente, para vivir de espaldas a la mugre, a la tristeza, al desengaño, a la injusticia. Subida al carrito de golf, con gafas de sol potentes, descerebrada, asistiendo a galas y reuniones de jóvenes impecables y prometedores. Todo por no ver lo feo. Porque si lo hubiese contemplado durante mucho tiempo, habría visto también el color de mis tripas, habría comprobado en qué bando del ejército hubiera querido luchar mi alma.

Tras dos años de noviazgo, durante los cuales yo seguía visitando asiduamente el territorio de mi identidad proscrita, me casé con aquel gilipollas, entregada al fatalismo de una vida sin felicidad. Algo había que hacer para llenar los días, todos los días de todos los años que aún me quedaban por vivir. Nuestro matrimonio duró menos que cero, sentimentalmente hablando. Pero como yo no esperaba delirios de pasión, ni mi pareja los hubiera echado de menos, enseguida nos acoplamos el uno al otro desde la más marcada y negociada distancia. Si algo puedo decir en favor de nuestra relación es que jamás nos defraudamos. Era tan plana, vacía, carente de excitación, predecible, convencional, civilizada y serena, que dormir con Gonzalo se me antojaba compartir mi lecho con una senil abuelita. Gonzalo era tan vacuo que me enternecía, y hasta me daba envidia. Sus esquemas mentales eran surcos bien arados en las tierras de lo insustancial y lo correcto. Tenía la cabeza amueblada con todos los principios, normas, ideales de un mundo prefabricado que, recibido una buena mañana en un paquete por correo, se hubiera tragado sin masticar. Nunca descubrí en él el menor asomo de duda, o alguna traza de necesidad de desmadre. Y ese detalle no solo me daba grima, sino que en ocasiones me obligaba a huir de casa en busca de aires más viciados.

Me follaba los martes y los sábados religiosamente. Yo encontraba cierto placer morboso en aquellos encuentros sexuales, porque Gonzalo se desnudaba de su traje de chaqueta y corbata y descubría en toda su plenitud el animalito que en realidad era. Como un cachorro me husmeaba y me daba lametazos. Entonces nuestro dormitorio se convertía en una llanura africana. Él era un león que se había pasado el día en sus quehaceres y de pronto el rabo lo avisaba de su condición de macho, poniéndosele automáticamente gordo y duro. Acto seguido buscaba a la hembra más a mano, la inmovilizaba y se la metía dentro, al grano y sin matices. Yo era esa hembra, la que pasaba por allí todos los martes y todos los sábados. Esa desconocida a la que hacía suya y cubría alegremente. Luego se corría de una forma ruidosa y se desplomaba sobre mí. Al cabo de veinte minutos resucitaba, me amasaba las tetas, me las mordía y volvía de nuevo a montarme para llegar por segunda vez al orgasmo barritando de gusto.

Aunque con él me corrí en escasas ocasiones, no me disgustaba que me follara. Eran momentos de una extraña intimidad en los que yo rozaba lejanamente la armonía total con el mundo diáfano y establecido. No había entrega sublime ni pasión loca, pero aquellos polvos los hubiéramos podido enseñar a nuestras amistades, como quien enseña una parte más de la casa. Estaban ordenados, eran limpios y decentes, y nuestros cuerpos tenían la impronta de las buenas firmas de diseñadores de élite. Sin embargo, ¿qué hubieran pensado todos ellos de mis corridas salvajes en manos de tormentosos desconocidos?

No tuvimos hijos. Gonzalo quería dilatar todo lo posible la libertad de nuestro matrimonio, a pesar de que él mismo se daba cuenta de que hubieran añadido un punto de coherencia ideológica a nuestra carrera política. Yo por mi parte no tenía el más mínimo interés en alumbrar un hijo de mi marido. Me parecía que nos iba a salir subnormal, o lo que es peor, que saldría con el mismo rostro bovino de su padre. Así que me adscribí a sus planes dándole la razón en todo. Cuando Gonzalo quiso replantearse la cuestión ya era tarde. Salió diputado por Barcelona y sus obligaciones lo absorbían de tal forma que acabó sustituyendo el puente aéreo por una segunda residencia allí. Yo conseguí permanecer en Madrid con el pretexto de que mi padre, enfermo por aquel entonces, necesitaba más ayuda en el bufete, y de que además mi promoción política pasaba por continuar con mis cometidos en la sede central del partido. Nuestra vida sexual sufrió un parón casi absoluto, sin que la nostalgia del cuerpo de mi marido me produjera el más mínimo segundo de insomnio. Al contrario, de pronto la leona tomó conciencia de su fortuna, pudiendo decidir a partir de entonces, con total autonomía, a quién entregaba su sexo rezumante.

Así, solo contactábamos para hablar de política. Gonzalo podía prescindir del sexo conmigo, pero no de mi capacidad de planificación. Usaba mi inteligencia como trampolín directo hacia el logro de sus ambiciones, y al mismo tiempo yo la utilizaba para mantenerlo lejos de mí, enfrascado cada vez más en las líneas de su ascenso.

Cuando al cabo de unos años Gonzalo murió en el accidente aéreo del Prat, su posición era tan sólida e influyente que pensaron en mí como su sucesora natural. Al principio me resistí, porque eso me encadenaría más fuertemente al férreo control del partido y me pondría en el punto de mira tanto de los medios de comunicación como de mis colegas. Pero luego no pude –y no quise– negarme. No era el magnetizador vértigo del poder, sino mi curiosidad por probarlo todo añadida a la atracción que ejercía sobre mí el demostrar hasta dónde podía llegar una mujer en ese territorio de lobos masculinos. Deseaba franquear el umbral de ese espacio machista que sabía a moho y a carne revenida, a braguetas lacias y a cerebros poco imaginativos, que olía a costumbre y a puritanismo nauseabundo.

¿Por qué no? ¿Por qué no intentar cambiar el mundo, aunque fuera desde la mentira de mi doble personalidad?

EL MINISTERIO DE LA ROPA INTERIOR

Desde pequeña crecí con la idea de que la obtención del placer sexual pasa por unas normas muy estrictas de comportamiento. No se puede salir a la calle, buscar al sujeto deseado y pedirle un intercambio erótico con naturalidad. Tampoco puede siquiera ser negociado con personas conocidas, en el marco de un diálogo espontáneo. No. Eso no está bien visto, es censurable, enseguida te tachan de zorra ninfómana o de salido picha brava. El deseo sexual es ese monstruo que nos devora sin que podamos alimentarlo siempre que grita de hambre. Y aunque en muchos casos se hace tan evidente la atracción recíproca que un solo gesto te haría ser bien recibido en la cama de cualquiera sin mayores preámbulos o pantomimas, las convenciones sociales exigen un riguroso sistema de autocontrol sobre nuestros escapes animales. Así, la civilización se ha inventado un corsé para evitar los desbordamientos eróticos, cuando no es lo mismo matar que follar. Y me refiero a follar con consentimiento, no a los abusos y a las violaciones.

Desde mis primeros escarceos con la política siempre pensé que lo que realmente necesitaba la sociedad era un buen repaso a la moralina y el puritanismo. Una reforma sexual en condiciones. Porque, a pesar de la apertura aparente, jamás se han llegado a salvar más que unos cuantos obstáculos de aparatosa repercusión mediática, pero de alcance muy básico y hasta burdo; de modo que tras la nueva fachada ha seguido latiendo la más represiva actitud frente a las alegres, sanísimas y naturales ganas de revolcarnos los unos con otros. Yo tenía que haber sido la responsable del Ministerio del Sexo, pero al presidente del Gobierno no se le ocurrió instaurar tan revolucionaria novedad en el sistema político de este país, ni se incluyó ningún artículo al respecto en nuestra Constitución. Así que hube de conformarme con el Ministerio del Interior, lo más parecido –únicamente en el nombre– a otra de mis instituciones soñadas: el Ministerio de la Lencería o de la Ropa Interior.

Tal vez en un futuro tengamos ese organismo oficial. Cuando, después de llegar a Marte y colonizarlo, tras conquistar el universo de todas las maneras posibles, nos percatemos por fin de que la sexualidad es ese parque de atracciones todavía ignoto, esa galaxia llena de sorpresas de que disponemos, bajo la ropa, para explorar hasta el infinito. El sexo es el sofisticado y perfecto juguete que tienen los adultos a su alcance para divertirse gratis, y unir el pecado al sexo es tan antinatural como ridículo. Eso sí que es malgastar la vida. Es deshonrarla. Es atropellar lo más sagrado. Porque la gran bendición del ser humano es su sexo y el placer de su manejo. Y perderlo, anularlo, anestesiarlo, censurarlo, o lo que es peor, olvidarlo como un paraguas en un taxi, es cutre y es penoso.

En una de las habituales cenas con el presidente llegué incluso a esbozar mi particular utopía política, pero entonces todos los asistentes se rieron encantados, creyendo que se trataba de una broma atrevida. Y cuando continué insistiendo, embriagada por su jocosa reacción, ellos siguieron con otros chistes cada vez más subidos de tono, partiéndose de risa.

En todo caso, aquellas carcajadas desprendían la rancidad esperada, y no eran únicas, sino una simple y reveladora muestra de cómo podría reaccionar una considerable parte de los hombres ante mis teorías. Callé entonces, asumiendo cobardemente por mi parte que en efecto se trataba de una gracia de salón sin mayores objetivos que los de amenizar la cena, pues de pronto temí perder, a causa de mi torpe indiscreción, la imagen convencional que con tanto esfuerzo me había dedicado a cultivar. Pero por un instante sobrevoló mi ánimo la conciencia de que ninguno de los allí sentados comulgaba, del mismo modo que yo hacía hipócritamente, con el personaje que les había tocado encarnar, desconociendo esa demoledora verdad. No había más que ver el desparpajo y la alegría inusitada, los rostros relajados y exultantes, con que habían recibido mis propuestas, aunque fuera bajo la máscara del humor. A mis ojos, ellos eran más inocentes que yo, y me producían una rara ternura, a pesar de que se habían pasado la vida censurando, y negándose a sí mismos, lo mejor de la existencia.

En cualquier caso, y aun asumiendo mi propia incapacidad para inducirlos a un cambio radical, beneficioso, no pude evitar representarme una escena realmente fantástica. Así, imaginé un planeta donde las anodinas o predecibles conversaciones de trabajo o entre amigos se sustituyeran por alguna como esta:

—He conocido a una zorra ninfómana maravillosa. Follamos a todo tren, se pone tan caliente y mojada que me derrito de locura, y le voy a pedir que se case conmigo. Es que no puedo vivir sin su deseo interminable.

—¡Enhorabuena, chico! Hacía tiempo que necesitabas una guarra obscena en tu vida. Te me estabas marchitando. Con lo salido que tú eres...

—¿Sí? Pues eso no es nada, guapos. Yo llevo un mes saliendo con un picha brava genial. Le va la marcha y me persigue con la verga en ristre. Me encanta hacerme la estrecha para juguetear con él, hasta que finalmente me atrapa entre sus garras libidinosas y me lo hace en el garaje, en el ascensor, en el vestíbulo. Me he enamorado de su rabo jaranero. Soy feliz.

—Por cierto, yo conozco un pervertido que te iría estupendamente. El otro día precisamente le hablé de ti. Le dije que eras una viciosa y le apasionó mi descripción. Si quieres te doy su teléfono.

—Bueno, aunque con mi tierno picha brava me parece que tengo suficiente. Aun así, dámelo, que nunca se sabe. ¿Tal vez un trío? Hmmmm, solo de pensarlo...

En fin, yo imaginaba un planeta donde una mujer o un hombre pudieran dar rienda suelta a sus genuinos instintos sin pasar por la vergüenza o el escándalo, sin represión ni miedos. Un planeta donde el arte de la mirada se enseñase en la escuela. Donde con un guiño bastara para seducir, ligar, emparejarse. En las calles, en el autobús, por las esquinas, de balcón a balcón. Un planeta donde seriamente el Ministerio del Sexo gestionara ayudas para la felicidad erótica del ciudadano, e incluso diera becas para ir a conocer las prácticas amatorias de otras culturas y civilizaciones.

Ser ministra es como ser una reina en un campo minado. Eres agasajada y servida en bandeja, te llevan la cartera y no tienes ni que agacharte a recoger un folio del suelo. A cambio, no puedes moverte, porque cada paso que das puede llevarte a la destrucción personal o a la quiebra política, si no al ridículo por el camino más corto. Los movimientos deben ser medidos exhaustivamente. Cientos de ojos observan el terreno por ti y para ti, en tu nombre, al tiempo que te miran de reojo a cada instante. Eres como una china a la que han reducido los pies desde pequeña con la finalidad de que no vaya nunca demasiado lejos ni demasiado deprisa. Es tan complicado innovar o ser creativo como follar en mitad de un estadio de fútbol repleto de gente sin que te pite el árbitro.

Ser ministra es ser sospechosa de antemano. ¿Cómo has llegado ahí, chupando qué pollas o lamiendo qué culos? No es ya que se cuestione tu cociente intelectual, sino que se da por sentada su inexistencia. Y si no tienes marido o hijos, si no respondes al esquema consagrado de la familia tradicional, entonces al paquete se añade la acusación velada de que has sacrificado tu feminidad y tu razón de ser en este mundo, tu destino biológico, para adoptar un rol masculino antinatural con el fin de vender tu alma a la ambición desmesurada y al ansia enfermiza de poder. Mientras que ser ministro, aunque no te libera de otros prejuicios, te exime por lo menos de todos esos cargos. Y luego está el tratarte como si fueras idiota o menor de edad, hasta que te ves obligada a adoptar el papel de estricta gobernanta para ganarte un respeto si no sincero, por lo menos efectivo. Pasar por ser una arrogante, borde y estirada es más operativo que mostrarte como en realidad eres, porque corres el peligro de acabar vestida, en el polo opuesto, con el estúpido traje de tonta complaciente y manejable.

Todo este trajín ministerial me produjo ya desde el principio una náusea encubierta que poco a poco fue deviniendo en una sangrante úlcera interior. Y no digo que fuera malo, porque cada pejiguera tiene su lectura positiva. En mi caso, actuó como catalizador de toda la rebeldía que yo albergaba desde la infancia y que había ido reprimiendo a lo largo de los años por no perderme en el exilio del ostracismo. La misma rebeldía que me hace escribir hoy estas particulares memorias para darlas a la luz pública.

El ministerio que me tocó en la lotería del reparto presidencial era un espacio perturbador. Aprendí tanto de él que cuando lo hube sabido todo, me di cuenta de la ratonera en que había caído. Hasta el más loco idealista hubiera tirado la toalla el primer día. Yo fui menos ambiciosa e intenté ser más pragmática, pero a cada medida que ensayaba o proponía encontraba un escollo traicionero que hacía zozobrar mi terca canoa. Me sentía como esos mozos de pueblo que tienen que subir por un palo untado de grasa para conseguir el premio situado en el extremo.

Y tantas cucañas subí infructuosamente que acabé muerta de cansancio y con un intenso anhelo de escapismo. Como siempre, mi única válvula de escape efectiva era el sexo.

Para colmo, la vigilancia a que me hallaba sometida era un suplicio. Todo estaba blindado y todo eran hombres con trajes de chaqueta oscuros, micrófonos en las orejas y pistola en los sobacos, metiéndome y sacándome de coches y edificios. Porque eso sí, hombres, lo que se dice hombres, había cientos en mi ministerio. Me imaginaba como la favorita de un sultán, siempre encerrada entre cuatro lujosas paredes, rodeada de eunucos y de machos prohibidos y guardando mi entrepierna para un amo que se había ido a la guerra dejándome a dos velas.

Si no llega a ser por el ministro de Asuntos Exteriores, con el que de vez en cuando me aliviaba, hubiera presentado la dimisión irrevocable. El tipo no estaba nada mal, y tenía el atractivo añadido de que nuestros polvos unían el exterior con el interior, jugando al mete saca con nuestros cargos respectivos.

Así consolaba yo mi viudez prematura, en brazos de los Asuntos Exteriores y rechazando pretendientes desvaídos como una Penélope cualquiera, pues todos los que se acercaban a mí eran del mismo estilo que mi pobre Gonzalo, y los que me gustaban, los atormentados y excéntricos, quedaban fuera de los muros de mi cárcel. Antes me hubiera liado con algún borrascoso, inquietante y fajado presidiario de los que veía en los patios de los penales que visitaba a menudo.

En todo caso, los polvos exteriores —como yo los llamaba— eran escasos y difíciles. Inventábamos reuniones privadas de cooperación mutua, pero no eran suficientes, porque, procurando evitar dar la nota y pasar desapercibidos, el diseño de nuestros encuentros se atenía religiosamente a una agenda de estricto control protocolario. Encima, un buen día el *affaire* se acabó abruptamente. Mi querido colega padecía del corazón, y una tarde en que la lujuria nos sobrepasó, el tipo acusó el estrago, se le alteraron los nervios y salió de mi ministerio con un ataque de canguelo que lo llevó a negarse más revolcones conmigo. Me confesó que prefería la serenidad de una vida sexual plana, sin pasión, al riesgo de morir con su polla ensartada en mi entrepierna. Así que volví a la abstinencia forzosa, condenada a las galeras de un siniestro celibato no escogido libremente.

La solución a mis problemas llegó un día de improviso, como un regalo celeste. Iba en el coche oficial por una carretera secundaria, de vuelta de inaugurar una prisión de máxima seguridad, con el corazón encogido y una lágrima de fracaso pintada en la retina. Era a finales de julio, y el sol de media tarde brillaba en los cristales ahumados como si viajásemos por la ruta que lleva directa al infierno. De pronto comenzó a llover con fiereza descontrolada, al igual que días atrás había estado ocurriendo. Los campos, anegados, parecían dar la voz de alarma gritando que ya no podían más, mientras seguían naufragando entre las aguas empecinadas en derramarse sin duelo. Al pasar un cambio de rasante, el coche que nos precedía fue incapaz de esquivar un lago que inundaba la mitad de la calzada y quedó allí varado. El nuestro paró y se bajaron mis escoltas. Tras comprobar que los ocupantes del otro vehículo estaban bien, vinieron a informarme y yo les di la orden de que siguiéramos, dejándolos allí en espera de una grúa. Reiniciamos la marcha y la lluvia fue poco a poco escampando. Las nubes, horadadas por el sol del atardecer, se iban retirando moribundas para abrir un espacio de azul brillante. Con la ventanilla abierta yo contemplaba ávidamente aquellos kilómetros y kilómetros de tierras mojadas, respirando en profundidad y queriendo huir llevada por imaginarias olas, aspirada por el sumidero de alguna acequia perdida. Pero al girar en una curva cerrada, el coche derrapó y se salió del asfalto, yendo a aterrizar en un solar cercano. El golpe no fue muy brusco, amortiguado por las ondulaciones del terreno, y cuando por fin nos detuvimos, pude observar que el paraje era de una belleza conmovedora. Yo salí la primera, y al poner el pie en el suelo, cedió el altísimo tacón de la sandalia que llevaba puesta, hundido bajo una espesa capa de blandísimo barro. Inconscientemente metí el otro pie y ocurrió lo mismo. Al intentar liberarme, quedé más atrapada en aquellas arenas movedizas, y torpemente caí contra el barro. En esos momentos ya estaban mis dos escoltas saliendo del vehículo e intentando llegar hasta mí haciendo similares piruetas sobre el fango. Mientras, me había dado un ataque de risa, viéndome en aquel estado. Pringado mi elegante, sobrio y escotado traje de chaqueta, rebozadas mis piernas desnudas, e incluso mi pelo, en aquel barrizal que curiosamente mantenía una temperatura cálida. El guardaespaldas primero en llegar se quedó al principio estupefacto, y luego acompañó mis carcajadas con las suyas, distendiendo el momento de nerviosismo vivido. Se agachó hacia mí, me rodeó el talle con sus brazos de gorila, poniéndose perdido, y elevó mi cuerpo unos centímetros, al tiempo que yo me aferraba a sus hombros para colaborar en el rescate. En aquella posición me vi de golpe en brazos de un macho encantador, de un viril y caballeroso individuo que me transportaba en volandas. Para colmo, mi rostro estaba a un milímetro del suyo, sonriéndonos los dos y mirándonos, movidos por un instinto físico inapelable, a la boca y a los ojos alternativamente.

Me gustó tanto la sensación, echaba tanto de menos el cuerpo de un hombre como debe ser, que opté por resistirme a que me levantara del todo y acabara por depositarme en el interior del coche, privándome de aquel goce. Mi forcejeo surtió un efecto contradictorio, aunque positivo, porque le hizo perder el equilibrio y se desplomó sobre mí, cubriéndome por completo con su cuerpo robusto y musculoso. Lo cierto es que cuando sentí su mole sobre mis carnes, sentí a la vez la presión de su bien dotado paquete contra mi pubis, y además sus labios fueron a parar justamente a mi cuello. Notar el tacto de su boca en mi piel, notar todo su peso contra mi vientre me enloqueció. Y él lo debió de percibir, o tal vez fue su propio deseo incontrolable, pero el caso es que comenzó a besarme el cuello, y luego pasó a mi boca enfebrecida. Nos besamos como si se fuera a hundir la tierra bajo nuestros cuerpos y nos quedaran solo unos segundos de placer último. Chupando, mordiendo, socavando la pulpa y la saliva, sacando nuestras lenguas a pasear por el rostro del otro y volviéndolas a introducir en la cueva mojada con animalidad extraordinaria. Y a continuación nos empezamos a revolcar, hechos un ovillo abrazado, por el barro. Luego él me abrió la chaqueta arrancándome los botones de cuajo, y con sus manos de bestia apasionada rompió mi sostén en dos. Mi blanquecina piel destacaba por sobre las pintadas de fango que las huellas de mi escolta iban dejando en mi cuerpo. Acercó sus labios a uno de mis pechos y lo aferró salvajemente, como un perro de presa, mientras que con la lengua tanteaba el pezón. Lo ensalivaba, lo retorcía, y lo aplastaba inútilmente, porque cuanto más lo rozaba más salía este en punta, excitado y ansioso. Después hizo lo mismo con el otro, y luego volvió al primero, y así sucesivamente, de modo que su ansia de abarcarlo todo era el espejo de mi propia impaciencia por sentirme enteramente abarcada.

Acto seguido me dio la vuelta, se arrodilló y me quitó la chaqueta por detrás. Mi espalda quedó al aire por poco tiempo. Me descoyuntó los hombros, me pellizcó y me arañó la piel, me mordió la nuca, me ensalivó las orejas y finalmente me agarró la falda por la costura, rasgando su tela en dos partes. Asomó entonces mi tanga al cielo y él lo estiró hacia arriba con fuerza para que su tira se me clavara entre las nalgas. Yo gemía enajenada, pidiendo más. Le gritaba que me matara, después de hacerme suya.

Tenía tanta necesidad de aliviar mi estado de ánimo abatido, y tanta falta de caricias, que aquel rapto sexual se me representó como el camino del desahogo perfecto. Conocía el impacto de esa clase de consuelo en mí. Entregarme en brazos de un desconocido a la pasión salvaje para desconectar mi realidad.

Mi escolta rompió la atadura final y el tanga voló por los aires, dejándome caer a cámara lenta sobre la alfombra de barro. Se desnudó, me separó luego las piernas sin remilgos y me empaló por detrás, lubricándome con aquella tibia leche marrón tomada del suelo. Creí levitar cuando sentí toda su polla dentro de mí. Estilizada, rozagante y dúctil, se adaptaba al cien por cien en mi culo. Él se sentó sobre sus rodillas y yo quedé sentada sobre sus piernas, totalmente abierta y ensartada. Me cogió los brazos y me los ató con sus manos tirando rabiosamente hacia atrás...

Y sin embargo, aquella escenografía erótica, aunque yo solo buscaba que se diera sin más, como otras veces o incluso más cargada de elementos prototípicamente pornográficos que adornaran la situación, parecía apelar a un guión diferente en aquella tesitura concreta. Si mi única esperanza era la de poder anular mis emociones y mi desasosiego vital entregada a la fagocitación sexual de un hombre, emborrachando mi fantasía con un aluvión de posturas artísticamente obscenas, no acababa de encajar en mi percepción que las cosas estuvieran sucediendo según mi costumbre.

Ahora sé lo que pasó allí, aunque entonces no pude concienciarme y me esforcé en continuar la representación, encarrilándola hacia el espacio manejable y conocido que yo dominaba. Pero un aliento sutil de extrañeza embargaba mis sentidos conforme me entregaba a aquel hombre. Era algo parecido a la gratitud, aunque no por ayudarme a escapar de mí misma junto a un individuo anónimo, sino quizás al contrario, gratitud por ser él mismo, y no otro cualquiera, quien estaba allí conmigo haciendo el amor.

Ese escolta y su compañero se habían convertido en parte de mi paisaje cotidiano. Eran más que mi familia, a la que veía en más bien escasas oportunidades. Yo vivía materialmente con ellos. Me habían sido impuestos, pero no sentía la necesidad de echarlos de mi vida, como solía hacer con aquellos que se me acercaban con fines amorosos. Como no pretendían cortejarme, sino salvarme el pellejo, jamás les había dado importancia. No eran una amenaza para mi condenada soledad. Y de ese modo, sin sentir, se habían ido colando en mi interior ocupando un lugar extraño, ese hueco que yo me empecinaba en mantener inexpugnable. Lo cual demuestra que mi perfecta carcasa de blindaje afectivo debía de tener alguna fisura por la que pudieron filtrarse, aprovechando que no me había puesto en guardia contra ellos.

No es que me hubiera enamorado de mis escoltas. Era

algo mucho más interesante. En cierta e inesperada manera se habían hecho mis amigos. Habían conseguido vulnerar mis normas de no acercamiento, de no crear lazos, de no establecer relaciones más que superficiales. Y de pronto me encontraba especialmente agradecida de que fueran ellos en concreto quienes en aquel instante me acompañaban.

Tal vez por eso mismo, creo que esa fue la última vez que practiqué el sexo con la necesidad de sentirme perdida entre los recovecos de una piel extraña. Hice el amor con los dos aquella tarde en el barro, con el hambre de una huérfana, y por primera vez en muchos años no me sentí completamente vacía cuando todo acabó.

LA CELDA

Gracias a mis escoltas la vida cambió de rumbo para mí, porque se convirtieron en el oasis de todas mis noches, en la perfecta compañía para mi espíritu atormentado. Reconozco sin pudor que me gustaba llevarlos a mi lado, trajeados y solícitos, haciendo su trabajo con la precisión de un misil orientado a su blanco, y sabiendo que esa misma noche iban a hacerme guarrerías, a poseerme y a cabalgarme ambos. Estaban macizos, y parecían realmente dos modelos de pasarela, atléticos, juncales, elegantísimos, esculpidos en gloriosa carne de dioses. Me encantaba contemplarlos por el rabillo del ojo mientras cumplía con mis deberes de ministra, de modo que se me iba constantemente la mirada a sus torneados traseros, haciendo que se me mojaran las bragas –si es que me las había puesto ese día– cada vez que daba una rueda de prensa, o despachaba con la policía, o visitaba las cárceles, o pasaba revista a los cuarteles de la Guardia Civil, o comía con algún pez gordo. Ahora me doy cuenta de que sin ellos no hubiera podido evadirme de la crudeza, del dolor y el espanto de mi cargo. Mis queridos escoltas eran mi pasaporte al palacio de la fantasía, y desde él al mundo de la cordura, atravesando el laberinto más extraño. Porque eran recios, intocables, infinitos, dos pilares de seguridad. Eran precisos, operativos, sabían lo que había que hacer, por dónde había que escapar. Sabían manejar un arma, estaban entrenados para observar, procesar la información y actuar en consecuencia sin dudar una décima de segundo. Asumían la disciplina hasta con diversión. Eran, y tenían, todo lo que yo no era ni tenía. Y sobre todo, eran fieles hasta la muerte. Mis servidores leales. Es como si hubieran asumido que lo mismo que estaban programados para velar por mi seguridad en la calle, estaban igualmente a mi servicio para cualquier otra de mis necesidades, siendo la sexual una más entre ellas. Así, no se separaban de mi persona, ni de noche ni de día. Cuando volvía de mis compromisos políticos nos encerrábamos en los aposentos destinados a mi privacidad, y allí comíamos, nos bañábamos en el yacusi y luego nos íbamos a la cama, donde el amanecer nos encontraba a los tres juntos y revueltos, después de la consabida orgía nocturna. Eran, en suma, la compañía perfecta para alguien como yo que no creía más que en el encuentro efímero de las pieles.

Con ellos hice mis viajes oficiales y con ellos me bañé en las aguas de todos los océanos y me follaron en todas las jurisdicciones nacionales e internacionales. Y no solo eso, me ayudaban a elegir la ropa cuando iba de compras, e incluso me asesoraban en la selección de regalos para familiares y conocidos, pues habían llegado a saber bastante sobre mí. Se puede decir que se convirtieron en mis mejores amigos, y supongo que por ese mismo motivo nuestra relación perduró más allá de lo que aguanta una relación basada únicamente en el sexo. Fueron ellos además quienes me sirvieron de refugio desesperado cuando supe que Damián estaba de nuevo en Madrid.

Lo vi un día en un debate televisivo, discutiendo un tanto acaloradamente sobre aspectos controvertidos de la medicina. Verlo de pronto en la pantalla, después de décadas de ausencia, me bloqueó hasta la necesidad de respirar. Noté que incluso que me ruborizaba, yo sola delante del televisor. Y, convertida en una especie de globo hermético, me mantuve atornillada al sofá, con los ojos tan abiertos que dolían.

Según mis cálculos Damián tenía 68 años, pero no los aparentaba. Estaba llamativamente bronceado, y su cuerpo no había perdido la agilidad y la firmeza que yo recordaba tan bien. Lo que no me cuadraba era el aspecto elegante, casi aristocrático, de su porte. Hubiera sido más coherente que el color de su piel morena no pareciera la de un desocupado millonario y sus ropas no destacaran por su refinamiento. Sin embargo, enseguida recordé que Damián tenía la distinción grabada en su cuerpo. Y lo único que comprobaba ahora es que no había perdido ese sello con los años.

Defendiendo la eutanasia o los experimentos genéticos como método para avanzar en la curación de enfermedades, la liberalización de las patentes de ciertos medicamentos de primera necesidad, estaba allí mi Damián, aquel médico que había sido, en el pasado, el defensor de mi infancia. El hombre que habitó mis sueños adolescentes y cuyas manos busqué en todos y cada uno de los hombres por los que me dejé tocar, desde entonces hasta la fecha del presente.

Qué extraño fue verlo de esa manera repentina, al cabo de dos mil años. Verlo como mujer, no como niña, habiendo perdido mi virginidad hacía siglos y probado el sexo hasta sus últimas consecuencias. ¿Dónde había llevado yo a Damián durante todo ese tiempo? Se me hizo un nudo en el entendimiento y no supe contestar. Pero me daba la sensación de que la respuesta a esa pregunta era crucial.

Durante cerca de dos años eludí la tentación de ponerme en contacto con él, a sabiendas de que vivíamos en la misma ciudad y de que hubiéramos podido coincidir en algún acto público, dado que Damián frecuentaba el mundo de la política desde una posición de comentarista independiente del poder. De hecho, varias veces decliné invitaciones por miedo a encontrármelo.

Aunque me moría de ganas de verlo, no me atrevía a enfrentarme a su visión. ¿Y si no se acordaba de mí? La pequeña Martina bien podría haberse perdido por entre las sombras desgastadas de la memoria de Damián. Tendría que acercarme a él, decirle quién era, rememorar si era preciso detalles de nuestros encuentros. No podía soportar la imagen de mi antiguo ídolo, movido por el esfuerzo de la cortesía, tratando de rebuscar en su pasado con resultado negativo. Y si su posible olvido me daba pavor, acaso me espantaba más el hecho de que me recordara sin pena ni gloria. Pensar que en su vida yo no hubiera sido más que un accidente, empañaba mi existencia entera.

No sé si recordar a alguien como yo recordaba a Damián era enfermizo o síntoma de algún tipo de neurosis. Pero con el paso del tiempo me fui dando cuenta de que la recuperación constante de ese recuerdo tenía más que ver con mi manera de sentirme persona que con una obsesiva atracción fatal hacia él. Damián había decorado mi vida en un momento en el que las habitaciones eran grises y desangeladas. Mantener viva su memoria era continuar viviendo en el palacio que él había pintado para mí. Esa decoración había pasado a ser mía, integrada en mi carácter. Y repasar los desconchados o restaurar los muebles se me hacía el mejor modo de resistir las inclemencias del exterior y de mantener a salvo mi lugar en el mundo.

Sin embargo, me sentía impotente para explicarle esa verdad a Damián. No tenía fe en mi capacidad para contar. Prefería el silencio y la ocultación.

Pasó el tiempo, y la fama de Damián se hizo más consistente. Lo que más me llamaba la atención era su sentido de la lucha. Era tan combativo que hasta me hacía sentir vergüenza cuando lo veía en algún debate. Se le hinchaba una vena gruesa del cuello y su cutis se enrojecía visiblemente. Pero su tono de voz allanaba cualquier atisbo de intolerancia. Sencillamente era apasionado, creía en lo que decía, y su cuerpo lo acompañaba a la hora de expresar sus ideas. Sin embargo, yo me descomponía al otro lado del televisor. Me entraba fiebre y miedo, no soportaba su efusividad, su desmesura. No podía tolerar ver a alguien, y menos a Damián, defendiendo de tal modo una causa. Sentía una especie de repugnancia vital, e incluso rabia, de contemplar esa pasión sin continencia.

Damián me desconcertaba cada vez que lo veía en acción. Asimilar su personalidad, confrontada con la imagen del pasado que yo veneraba, fue un proceso lento y endiablado. Pero también es verdad que él tenía un crédito ilimitado en la cuenta de mi respeto. Así fui encajando las partes de Damián que se me daban a partir de su discurso o sus gestos. Y acabé por hacerle sitio, no sé por qué vía, a esa desatada vehemencia que siempre me había perturbado en los demás y que aborrecía íntimamente.

Aguantando el tirón de mi rechazo, llegué a comprender que la agresividad bien canalizada puede ser una herramienta contundente para exponer las propias creencias. Que es una cuestión de fe saberse poderoso y eficaz en el grito, que la tolerancia nada tiene que ver con el silencio y la resignación, que callarse bajo la excusa de la educación es soberbia estúpida y estéril, es ponerse por encima de los demás considerando a los otros voceadores descontrolados y patéticos.

No sé bien cómo explicarlo, porque hay procesos de los que solamente puedes ver el resultado, pero el hecho es que la rabia apasionada de Damián me llevó a conectar con emociones perdidas que, latentes aunque anestesiadas, anidaban en mí desde el principio de mi vida. Porque no es posible alterarse de tal modo ante la contemplación de una actitud ajena sin que esta circunstancia no signifique nada en la propia historia personal.

Supongo que mi fobia irracional era envidia de su libertad. Resonaba demasiado dentro de mí como para no acabar despertándome a la revelación de que esa hubiera querido ser yo: defensora de lo justo y necesario, adalid de las causas imposibles, creyente en un mundo mejor por acción de la mano del hombre. Me apabullaba la capacidad de Damián para expresar su propia verdad sin ambages ni medias tintas. Su valentía a la hora de hablar con sinceridad ante todo el mundo, sin que ningún prejuicio social frenara su discurso.

Me perturbó de tal manera ese nivel de franqueza que me condujo hasta un lugar absolutamente incómodo, de desasosiego existencial como telón de fondo de mis días. Me puso además en el disparadero de replantearme mi papel como política, las obligaciones contraídas, mi cometido y mi responsabilidad ante los ciudadanos. Viendo cómo actuaba Damián, tuve que contemplarme con desagrado en el espejo de su idealismo. Mi alma deforme solo alentaba una pobre llama comparada con el teórico volcán que yo siempre había sentido arder en mi interior.

En suma, me vi como una mujer ardientemente sexual, pero un ser humano apagado, desactivado, entumecido, si salía del ámbito del ardor erótico.

Y aunque suene paradójico, creo que era precisamente el desfogue de esa necesidad física el puntal que sostenía mi cordura. Pues temerosa de poner en práctica mis auténticos ideales políticos, incapaz de buscar mi verdadera senda, de alguna manera debía canalizar mi energía. Por eso mismo os decía al comienzo de mi narración que no toda la energía que llevamos dentro y a la que no damos rienda suelta tiene que ver con nuestras necesidades sexuales. Hay otros anhelos acuciantes en nuestro interior, que pisamos constantemente por temor a las consecuencias que se derivan de revelarlos a los demás. La imagen externa que sobre mí había construido con tanto tesón podía derrumbarse irremediablemente, y esa era la imagen que yo consideraba la cara buena de mi persona, lo que yo había definido en mi infancia como el lado bueno de los buenos.

Una mañana me enteré por la prensa de que Damián había sido detenido y puesto a disposición judicial acusado de pederastia. La noticia me conmocionó de tal manera que me mareé y caí al suelo. Cuando pude reponerme se me reavivaron nítidamente las escenas que, con tanto ahínco como terquedad puestos al servicio del olvido, yo había ocultado, a buen recaudo, en la caja negra de mi recuerdo. Damián, así lo intuía mi conciencia, no era un pederasta. No me parecía que respondiera a los patrones de ese desequilibrio, y además tenía la prueba en su misma huida. Se fue para protegerme de sí mismo, mientras que yo, como contrapartida, hubiera dado mi vida por su vuelta. Y aunque los indicios ahora apuntaban a que podía haberle ocurrido un hecho similar con otra menor, o con varias, no siendo ya capaz de frenarse, su propia trayectoria parecía contradecir esa aparente posibilidad. El caso es que todo aquello empezó a olerme mal y pensé en una trampa urdida para desacreditarlo y anular de este modo su influencia sobre la opinión pública. De ser así, pensé con rabia, yo no podía tolerarlo. Es cierto que –desde las apariencias– navegábamos en dirección contraria y militábamos en bandos opuestos, pero Damián y yo no estábamos tan lejos el uno del otro. Nuestros remos estaban hechos de la misma madera, la del exilio interior, aunque yo era la cobarde de los dos, y él quien se inmolaba por ambos. Además, nunca había dejado de amarlo, y el espacio que llenaba en mi corazón era de tal envergadura que había impedido que cupiera otro hombre en él, salvo Hernán, que era el dueño de la otra mitad de mi alma. Cuando los dos se fueron, uno detrás de otro, acabé por desangrarme y ya no quedó nada en mí recuperable. Me hice de corcho y salvé la vida flotando a la deriva sobre mi propio continente escindido, tras su abandono. Pero también es verdad que tanto uno como otro dejaron en mí su huella. Esa mano tendida y fija en mitad de la soledad del universo.

Quizá era esa misma mano la que ahora me tocaba tender a mí. Y así lo hice. De manera discreta encargué a un amigo íntimo, abogado, el caso de Damián, y supervisado por mí –que permanecía en la sombra sin que él supiera de mi intervención– fuimos llevando el asunto mano a mano. Mi amigo se presentó como simpatizante de su causa, le ofreció desinteresadamente sus servicios, y él aceptó agradecido sin sospechar nada. Conseguimos que Damián saliera de la cárcel bajo fianza e iniciamos una investigación arriesgada, difícil y compleja, porque había que llevarla a cabo desde la trastienda de mi puesto. Tras un estudio concienzudo de las pruebas y dosieres, y aparte de enterarme de que se había quedado viudo y no se había vuelto a casar, llegué a la conclusión de que las actividades de Damián eran en sí mismas un generoso arsenal en el que recoger armas para su propio hundimiento, siempre y cuando alguien con cierto poder y malas intenciones buscara acabar con él, cosa que no me extrañaba, pues era capaz de imaginar sin muchos esfuerzos que con sus declaraciones arriesgadas y progresistas, junto con sus investigaciones y persecución de situaciones abusivas, había podido soliviantar a ciertos sectores del poder establecido, tanto económico como político.

Entre las actividades de Damián se contaba la de presidir una ONG que gestionaba la ayuda a niños del Tercer Mundo, y, al parecer, estaba especialmente implicado en salvar a chavales maltratados y prostituidos. Los cargos que se le imputaban a Damián eran de abuso de menores, y se especificaba que había seducido a niños, ofreciéndoles protección y regalos a cambio de contraprestaciones sexuales. Se declaraba que la organización que dirigía era la tapadera para cometer sus abusos, so capa de salvar a los chavales de su espantosa realidad. Y que los niños habían escapado en su país de las garras de los pederastas locales para pasar a las garras no menos inmundas de Damián. El ministerio fiscal habría de aportar como prueba una colección de vídeos que se hallaron en poder de Damián y en los que se veía cómo se abusaba de los niños; en concreto, en una de las películas salía él mismo acariciando y besando a una niña de ocho años en la habitación de un hotel.

Damián le explicó al abogado que esas cintas eran precisamente la demostración de lo que estaba ocurriendo, y que él, junto con un cámara amigo suyo, había arriesgado su vida para obtener las pruebas que le permitieran denunciar esa situación. Lo que no sabía era de dónde había salido el vídeo que lo implicaba. Estaba tan turbado y deshecho que no podía recordar nada. Su derrumbamiento era total. Cuando el abogado se reunió conmigo me describió un paisaje arrasado. Damián se encontraba en un estado de desvalidez absoluta, que yo era incapaz de asimilar. Secuestrado por una niebla espesa que le impedía reconstruir la verdad, se veía incapaz de encontrar fuerzas para salir adelante. Estaba entregado a un demoledor fatalismo, y hasta deseaba que todo acabara pronto y que lo sentenciaran de una vez, porque en realidad ya ni siquiera estaba seguro de no ser culpable.

He de decir que la ayuda de mis amorosos guardaespaldas fue impagable en este asunto. Yo estaba atada de pies y manos, porque cualquier orden que diera o diligencia que emprendiese se filtraría irremediablemente. Así que ellos hicieron todas las gestiones por su cuenta, tocando quién sabe qué teclas y poniendo en juego quién sabe qué clase de artimañas. Tampoco me importaba mucho; solo sé que aparte de otras valiosas informaciones, me consiguieron copias de aquellos vídeos. Cuando los vi, sufrí una operación de lavado; se me disolvió la capa de engaño que cubría mi alma. Comprendí por fin. Y lo comprendí todo.

Entendí por qué Damián se había derrumbado, por qué se había borrado su memoria, por qué había llegado hasta allí, y, sobre todo, entendí que yo era en parte responsable, yo y todos los niños desarraigados del mundo. Y al mismo tiempo era yo quien mejor podía, tras ese descubrimiento, comprender en toda su dimensión la tortura de Damián.

Los vídeos me mostraron la tercera cara de la moneda de la vida. Esa que está tan sesgada y oculta, tan de canto, que no hay forma de verla si no es con la lente del amor secuestrado. Para verla, hay que pasar el infierno del desamor y del abandono, después hay que olvidar la experiencia, aniquilarla, y luego, de pronto, ser poseído por la revelación máxima. Para verla, hay que entender que la falta de amor nos lleva a que allí donde alguien nos da la mano, aunque sea a cambio de nuestro propio cuerpo, se va a producir nuestra rendición y nuestra entrega. Jugar con un extraño que nos magrea es lo de menos. Lo esencial es que ese extraño nos está dando un simulacro –falso pero con el aspecto aparente del cariño verdadero– de amor y de atención. Caramelos, juguetes, caricias, besos. Lo que siempre hemos soñado.

Los niños, ciegos, yendo en busca del espejismo que les arrebataron.

Los vídeos me enseñaron la mentira que, como una mole de expedientes por estafa, apilamos sobre la tumba aún caliente de nuestra pérdida. Me enseñaron la auténtica perversión de la existencia, más allá de los pervertidos. El horror no es el tipo que te toca tus partes íntimas, el horror es estar vendido ya de antemano, ser la inexorable carne de cañón de este planeta. El horror es dar tu intimidad por un plato de amor inexistente, por un plato de mugre envasada en globos de colores, a cualquier individuo. Tan solo porque has aprendido que ese es el único festín que te está reservado. El horror es carecer de la clarividencia para saber que la mierda es en realidad una mierda. Y volver a casa a darte de bruces, por enésima vez, con la peor mierda de todas, esto es, que allí nadie te abraza ni te compadece ni te entiende ni te consuela, que todo lo que allí has recibido no es sino el cursillo acelerado de tu futura carrera en el ámbito de la prostitución profesional.

Niños abandonados a su propia suerte.

Eso era lo que Damián no podía soportar. Ese era el

trauma de Damián, más allá de sus propios fantasmas. Por eso quiso olvidar después de fotografiarlo con sus ojos. Eso fue lo que vio Damián en mi mirada aquella tarde en que me hice pis delante de él. Vio que estaba vendida. Supo ver la mugre por detrás de las candilejas, del cristal de Bohemia, de las fuentes de plata, de la palabrería esnob, del confort y del dinero. Supo ver a la verdadera Martina. Niña abandonada a su propia suerte. Y me quiso salvar, y no supo, no pudo. Después sí salvó a muchos otros. Tal vez en mi nombre. Quiero pensar que sí. Y los mismos besos y caricias que me dio fueron los que le dio a esa otra niña del vídeo. Porque en ella me vi reflejada como si estuviera viendo una cinta casera de mi propia infancia. Esa niña pequeña, servicial, rápida, lista como el demonio, dispuesta a todo para agradar. Un niño siempre está dispuesto a todo, absolutamente a todo, por una caricia tierna. Y cuando no la hay, o solo se la dan a cambio de favores, aprende cómo funcionan las cosas. Y lo arrastra el resto de sus días.

No, Damián no era un pederasta. Era un ángel disfrazado de ser humano. Y ahora, de nuevo, venía en mi ayuda. Gracias a él pude quitarme las anteojeras y pude ver el descarnado rostro de mi identidad. Sí, yo era responsable, de un modo u otro. Me había escamoteado la verdad, me había negado a mí misma. Había sobrevivido privándome de la oportunidad de vivir. Había pisoteado una y mil veces a aquella niña que yo fui para convencerme a mí misma de que podía llevar una vida normal, como los otros. Había abandonado a la niña abandonada, sin darme cuenta de que cuanto más la alejara de mí más estaba reafirmando mi futuro destino de abandonos. Porque cuando uno se desprecia a sí mismo, nadie quiere estar con él.

Pero mi sentimiento de culpabilidad, lejos de hundirme, me condujo a tierra firme. Gracias a la culpa pude hacerme cargo de mi pasado; por primera vez decidí afrontar de cara mi realidad, evitando dejarme llevar por la corriente y entregar a otros mi destino, como había hecho hasta el momento. De pronto fui consciente de que podía decidir mis pasos por el mundo, por lo menos todos los que me quedaban por dar; y una desconocida energía se apoderó de mí. Me puse en acción. Utilicé mi inteligencia, mi poder, mis armas, en favor de Damián, y trabajé a destajo. Busqué al cámara que lo había acompañado en su aventura, pero nadie conocía su paradero. Se había ido de su piso, y las agencias de noticias para las que normalmente trabajaba nada sabían de él. Mientras tanto, pasaban las semanas sin obtener resultados, y finalmente Damián fue llevado a juicio y condenado a varios años de cárcel tras un proceso lleno de irregularidades.

Destrozada y harta, tomé la decisión de ir a verlo. Sabía que era una imprudencia, pero no podía más. Ya no podía. Me quemaba por dentro saberlo inmerso en un martirio insufrible. Había conseguido que lo trasladaran a una prisión poco conflictiva, y que los funcionarios velaran por su seguridad las veinticuatro horas del día. Llamé al director y lo hice responsable de cualquier cosa que le ocurriera. Pero no me era suficiente, tenía que comprobar con mis propios ojos cómo se encontraba Damián. O tal vez esa era la excusa que yo me imponía para verlo. Porque quizá la verdad residía en otro lugar. Después de dos años de eludirlo a conciencia, sumida en la confusión y el miedo, ahora necesitaba ir a su encuentro. Así que me presenté en la cárcel y pedí que lo llamaran.

Damián no sabía quién lo esperaba en la sala de visitas. Di la orden de que se fueran todos, y cuando entró y me vio allí sola, se quedó desconcertado en un primer momento, aunque enseguida comprendió. En cualquier caso, permaneció de pie, sin moverse, y fui yo quien me acerqué a él lentamente. El hombre que tenía ante mí era una sombra del Damián que salía en los periódicos y en la televisión, ese cuyas convicciones lo mantenían en forma y le impedían echarse a envejecer. Parecía desfondado y sumido en el desamparo.

Tuve la tentación de huir, de no ver a aquel hombre que yo llevaba alojado en el corazón. Me sentí indigna, desorientada, extraña, incapaz de articular un discurso razonable. Y cuando lo miré a los ojos, y él me devolvió la mirada, creí ver en ellos exactamente lo mismo que yo estaba sintiendo. Estuvimos largo rato mirándonos, el tiempo detenido. Atrapada por su imagen, ahora no tan desmesurada como yo la recordaba cuando niña, pero tan teñida de nostalgia y tan abrumadoramente presente que me arañaba las pupilas con su realidad tangible. Estaba ante Damián. Lo estaba, sí. Tantos días de ayuno de sus manos, tantos años, tantas décadas sin él. Tantos momentos vacíos sin su boca y sus palabras, sin sus labios de terciopelo ciego, esos labios culpables de mi herida. Tanto quebranto del corazón por una ausencia injusta, mortal. Tanto desajuste entre los dos, de tamaño, de edad, venía a disiparse en un segundo por acción de la magia de encontrarnos en una recién estrenada oportunidad. Tal vez tuvo que pasar todo lo que pasó, el transcurso interminable de todas las noches del mundo sin Damián, para que pudiéramos mirarnos como ahora. Esa mirada que nunca, nadie, jamás podría arrebatarnos ya. Y mi vida de pronto cobraba un sentido que antes no hubiera podido imaginar. Daba lógica al absurdo de lo injusto, de la pérdida, la espera, el abandono, el sufrimiento, de la pena terrible y espantosa. Todo lo que pasé valía con creces esa mirada que ya iba a ser incombustible, eterna, mía, suya, de ambos. Esa mirada espesa, rica, enajenada. Una droga de complicidad directamente en vena. Una mirada que venía a unir al cabo de la distancia dos partes desgajadas de la misma historia; una mirada que narraba por fin el libro entero, del primer capítulo al último, de una vida escindida en dos. Y mi mirada con la suya hacían un solo par de ojos que unidos empezaban a salir de la ceguera lentamente, que se desperezaban del esfuerzo por olvidar, tantas veces practicado para sobrevivir sin el otro, y que ahora se reconocían gozosos, extrañamente nuevos, tiernamente conocidos, caída la venda del infierno y asomado el paraíso al cielo de las pestañas.

Pero ese cielo traía consigo lágrimas, y las de Damián asomaron casi imperceptiblemente, con tantísimo pudor como emoción. Entonces me dirigí a él, buscando su abrazo desgarrado para fundirme en su pena que no era sino mi pena. Y sin embargo, algo me retenía. Era mi sentimiento de culpa, que me hacía sentir indigna de su roce. Yo quería humillarme ante él, porque cuanto más me humillara, más sentía que humillaba a la vieja Martina, a la Martina que aun habiéndose dado a tantos no creía en los hombres, a la que era incapaz de confiar en ellos o de venerarlos, o de entregarse por algo más que por un fragmento de necesidad física. Pero no sabía cómo hacerlo, cómo mostrar a Damián el respeto y la adoración que nacía en mí ante su presencia. Damián, el hombre de todos los hombres, mi primer hombre.

«Ven», me pidió con dulzura, y todas mis reticencias se disiparon; me recogí en sus brazos. Y por primera vez en mi vida sentí que estaba en el lugar exacto en el momento indicado. Sentí que había un hueco para mí en el mundo.

No solo en brazos de Damián, sino en cualquier parte a la que fuera, y en cualesquiera otros brazos masculinos.

Entonces ocurrió. El regalo. Damián me besó en los labios, un beso de mariposa. Tantas veces deseado, imaginado, revivido. Y ahora real. Luego me cogió la cara entre sus manos, me miró a las pupilas y sonrió abiertamente. Creo que supo leer a la perfección en ellas el significado que para mí tenía ese beso, y lo que todavía sentía por él.

No puedo encontrar palabras que hagan justicia a la emoción de aquel instante. Damián pareció revivir, como si le hubieran dado una pócima extraordinaria que lo arrebatase mágicamente de una muerte cercana y pasase a convertirse en el hombre más sano sobre la tierra. Y yo reviví con él, presa de una energía explosiva y repentina que me electrizaba por momentos y que no alcanzaba a definir en términos precisos. Era una fuerza que me latía por dentro y que parecía emanar de algún antiguo recoveco, escondido y lejano, de mi cuerpo. Una fuerza dormida que al fin despertaba y salía liberada por un milagroso resorte.

Y aunque no llegamos a más, aun cuando solo hubo entre nosotros aquel amoroso beso, aunque no llevamos nuestra pasión más que a un primer estadio de tiernas sonrisas y caricias visuales, me consuela imaginar cómo podría haber sido si Damián y yo, obviando lo poco romántico del lugar y la tensa emoción, hubiéramos unido nuestros cuerpos como hombre y mujer.

No quiero hurtaros ahora cómo mi fantasía se deja llevar por el deseo; un deseo que a la vez que no soporta la demora, y vive en la urgencia de curar su prolongadísima ansiedad, se atempera porque –ahora sí– tiene todo el tiempo del mundo para satisfacerse paso a paso, con toda la compleja morosidad que la ocasión merece. Un deseo que enloquece solo de pensar en la polla de Damián entrando en el coño de Martina, pero un deseo que no quiere precipitar el momento, que necesita desplegar cada instante hasta dar de sí el máximo de su intensidad, pasando por encima de su desaforada impaciencia. Un deseo que respeta a Damián más que a sí mismo.

Imagino la turbación de ese primer encuentro, y cómo Damián lo arreglaría. Sin decir nada, acercaría mi rostro al suyo y me besaría como un hombre besa a su amada. Con sus labios de terciopelo bien apretados a los míos, con su lengua de tornillo bien metida en mi boca, enlazada a la mía, con tanta intensidad como ardor carnal. La energía que –expedito al fin el camino– clama por entrar en escena; la energía tantas veces sometida y frustrada; la energía que ya no puede más porque si no se expresa revienta; la energía que no entiende de horarios ni de lugares, ni de conveniencias o de lógica, para manifestarse en tromba. Ahora sí que podía, ahora sí. Ahora podía Damián expresarme su amor sin trabas. Ahora que yo era una mujer, adulta, entera. Poder comprobar por fin cómo él amaba, cuál era el calibre de su pasión, sin esconderla ni frenarla, cabalgando en la grupa de su virilidad puesta al servicio de mi rendición completa.

Su beso de deseo me conmocionaría. Y también su olor, alojado durante años en mis neuronas y en un segundo mágicamente resucitado. Metería la nariz en su cuello para aspirar los aromas de su cuerpo con fruición de perfumista. Inmediatamente sentiría nostalgia de su boca, y volvería a recorrerla, por dentro y por fuera, despacio despacio, como si necesitara un año entero para acabar de visitarla por completo. Las sensaciones serían otras que las de Martina niña. En aquel entonces jugaba a explorar un espacio ignoto, donde mi inquietud no iba más allá de la curiosidad en sí misma, y también de la necesidad de darme a Damián de algún modo, de retenerlo junto a mí. Pero ahora recorrería aquellas tierras con la voluntad de un deseo sin freno, sabedora de que su dueño me deseaba en igual medida. Un deseo erótico y amoroso a un tiempo, obra de arte total.

Y Damián y yo nos besaríamos interminablemente, recuperando el tiempo perdido y tirando el pasado a la basura. Nos desnudaríamos el uno al otro, estrenando la igualdad, estrenando mi tamaño de mujer con su tamaño de hombre. Tendría en mis manos el cuerpo de Damián, enteramente en pelotas para mí. El tacto de su carne sería mullido como lo había soñado, y el pelo blanco de su pecho despertaría mi adoración, y su piel morena y pecosa me deslumbraría la retina, y la consistencia blanda y firme de sus músculos erizaría las yemas de mis dedos, y sus dulces tetillas me traspasarían el alma como una flecha. Sus brazos, sus piernas y su torso, su culo y sus genitales me emocionarían. Y lloraría al contemplarlo por entero. Hermosísimo ejemplar de macho maduro al que ansío y anhelo. Eres el que viene a acuchillar mi pena para que calle de una vez por siempre. Eres quien me va a desvirgar el amor cuando me poseas con ternura. Ese amor intacto que he guardado para ti y que ahora te ofrezco entre mis piernas. El himen invisible de mi pasión que nunca he dado a nadie, ni siquiera a Hernán porque no sabía darlo hasta que tú has llegado. Ábreme los muslos, Damián, y fóllame. Fóllame con lujuria. Quiero sentir tu lujuria, tu lascivia, tu obscenidad, tu impudicia, tus guarrerías, porque ahora podemos, sin hacer daño a nadie, sin cometer un delito, sin infringir las normas. Un hombre y una mujer libres follando, con la cárcel ya lejos, apropiada metáfora de lo que ha sido nuestra puta vida.

Y entonces Damián me atraparía con su cazamariposas invisible y me enredaría en su gasa, y comenzaría a musitarme al oído palabras tiernas mezcladas con palabras guarras, porque mi oído está ya preparado para oír su música. Ese canto torturado de ángel caído. Toda la ternura de un gigante atado de pies y manos al hambre de mi corazón.

Tal sería su cortejo de macho enamorado. Y lo que vendría después habría de ser el juego encantador y escandaloso de un experimentado libertino desarmado por la delicadeza de la pasión más pura, sacando a la palestra no solo todas sus argucias de amante finísimo, sino un nuevo abanico de primorosas y adorables perversiones solamente para mí.

Y la gula seguiría a la gana, y la lujuria acompañaría a la avidez. Y la soberbia de sabernos únicos sucedería a la vanidad de sentirnos hermosos y divinos. Y todos los pecados capitales se harían carne de nuestra carne y sangre de nuestra sangre.

EL PARAÍSO DE LOS MORTALES

Cuando me separé de Damián, descubrí que respetar y adorar a los hombres no me hacía más débil ni más vulnerable. Tampoco me llevaba a sentirme inferior o una esclava a su servicio. No menoscababa mi libertad ni atentaba contra mi cociente intelectual. Ni me llevaba directamente al abismo o a la destrucción. Por el contrario, me sentí más resuelta, más fuerte y capaz, e incluso liberada de una carga de ominoso significado. Fue como estrenar una nueva identidad; desde ese momento comencé a caminar entre iguales. Y estoy por asegurar que los hombres con los que a partir de entonces me relacioné supieron de algún modo percibir el cambio, porque su reacción fue, curiosamente, la de pagarme con la misma moneda.

También es verdad que se me hizo una llaga en el cerebro de tanto pensar en cómo romper los grilletes de Damián y liberarlo de una vez por todas. Tenía la corazonada de que el cámara podría aportar las pruebas necesarias para su liberación, pero no había modo de encontrarlo, aunque yo continuaba su búsqueda por toda la extensión del globo.

Ya me queda poco por explicaros. A aquellas alturas

mis investigaciones y mis pasos habían empezado a llamar la atención en el ministerio. Yo lo había dejado todo en favor de la causa de Damián, y los compromisos y firmas se acumulaban en mi despacho sin que yo les diera salida. Mi actitud puso en guardia a la gente del partido, y finalmente averiguaron lo que yo tramaba y quién venía a ser el dueño de mis desvelos. Eran hábiles en su trabajo, así que fueron recopilando datos aquí y allá para por fin recomponer una nueva imagen, asombrosamente bien distinta de la antigua, de su hasta la fecha respetable ministra del Interior. Como no deseaban escándalo alguno, me anunciaron –evitando incómodas explicaciones– que en el próximo cambio de gobierno, a dos meses visto, mi cargo sería ocupado por otra persona, puesto que –cito textualmente– se daban cuenta del gran sacrificio que estaba realizando y que no podían aceptar, pues veían que mi estado de salud se resentía más de lo debido.

Yo asumí lo irremediable. Me restaba hacer frente a dos meses más de gabinete. Conocía los verdaderos motivos, y no hice reproches. Mi sitio no era aquel, aunque tampoco sabía cuál era mi verdadero sitio. Ni me importaba gran cosa. Solo quería abandonar mi puesto con cierta dignidad, y hasta agradecí que me lo permitieran, aun cuando no fuera más que por evitar el escándalo. Creo que incluso a pesar de mi exagerada vida, y de mi militancia en favor de un hombre como Damián, en el fondo todavía conservaban un sólido aprecio por mí.

Con lo que no contábamos, ni ellos ni yo, era con que, lo mismo que los nuestros habían llegado a atar los principales cabos de mi existencia, y por supuesto de mi paso por el ministerio, el partido en la oposición había llegado a semejantes resultados por sus propios medios. Al parecer, habían averiguado mi intervención en el caso de

Damián, siguieron la pista y, ¡bingo!, consiguieron una cinta de vídeo que para ellos resultaba un manjar de primera clase. La tarde en que fui a visitar a Damián a la cárcel las cámaras de la sala de visitas rodaron nuestro reencuentro sin reparar en escrúpulos humanos de ningún tipo. Máquinas programadas para vigilar grabaron nuestro amoroso abrazo sin obviar un solo detalle. Entonces yo no tenía cabeza para pensar en despreciables minucias. Se comprende. Lo único que me importaba era encontrarme con él y explicarme, humillarme a sus pies. Y luego, ante el milagro de su acogimiento, entregarme a la ternura que me ofrecía. Lo último era, por supuesto, atender a que había cámaras de seguridad dispuestas a inmortalizar aquel beso de mariposa revoloteando por mis labios, y lo que luego vino. Ahora imagino el morbo despertado por mi actitud en las febriles mentes de aquellos funcionarios dedicados a revisar el material grabado. Está claro, además, que uno de ellos no era votante nuestro o, en todo caso, que tenía un precio que la oposición pudo permitirse pagar.

Supongo que, aparte de otros hitos más o menos jugosos del currículum de mi vida sexual que hayan podido recabar, la guinda de su dosier es este documento vivo de la ministra del Interior besándose en la cárcel con un hombre condenado por pederastia.

En cualquier caso, no me enteré de la existencia de ese vídeo hasta ayer. Por otra parte, hace tres días conseguí dar con el paradero del cámara que había acompañado a Damián en su investigación. Se había mudado a Costa de Marfil. Una agencia de noticias recién abierta le había ofrecido un jugoso contrato por cinco años, y el tipo, soltero y sin lazos familiares ni afectivos, había aceptado la plaza sin dudar. Cuando por fin conseguí ponerme en contacto con el cámara, me dijo que un par de meses antes de largarse él de Madrid, habían entrado en su apartamento y le habían robado su equipo fotográfico y también varias cintas. Probablemente el vídeo que inculpaba a Damián estaba entre los objetos sustraídos. Me explicó que en una de las ocasiones en que estaban siguiendo a un pederasta, este había recibido a una niña de ocho años en la suite de su hotel, y que Damián, al contemplar las obscenidades que aquel individuo estaba cometiendo con la pequeña —gracias a una cámara oculta que habían instalado previamente en la habitación—, no pudo soportarlo más y entró en el cuarto, se pegó con él, lo dejó sin sentido y luego consoló a la niña como mejor pudo. La cinta, por tanto, había sido manipulada, cortando las escenas anteriores a las caricias y besos de Damián.

Tras conocer estos datos, arreglé una revisión de su expediente y un nuevo juicio, alegando la existencia de nuevas pruebas y un nuevo testigo que podían exculpar al condenado. Pero no contaba con la repercusión política de mis andanzas. Ya sabemos que mi partido no deseaba escándalos de ninguna clase, y por ese lado yo estaba a cubierto y mi tarea a salvo; sin embargo, la oposición buscaba ansiosamente los escándalos como medio de desprestigio del gobierno ante la opinión pública. Así que con el cubo de los trapos sucios bien repleto, no podía dejar pasar la oportunidad de hundir su lanza en el flanco más débil de los nuestros, yo misma, aunque ello supusiera sacrificar al propio tiempo la honra y credibilidad de la persona de Damián, un hombre íntegro, de prestigio internacional, altruista y defensor de las libertades como ningún otro.

Sé de buena tinta que algunas voces de la oposición han valorado esta circunstancia, e incluso han puesto el veto a la publicación de los hechos porque no desean emponzoñar la imagen por otra parte ya bastante maltrecha de Damián. Pero al cabo parece que ha prevalecido el criterio de que para hacer una tortilla hay que romper algún huevo, y que bien vale el sacrificio de una sola persona, por muy valiosa que sea, a cambio de una buena jugada. Por ello han filtrado la información a la prensa, en concreto a una revista especializada en este tipo de detonaciones sensacionalistas.

Y hoy por la mañana, justo cuando se celebra el nuevo juicio de Damián, saldrá un reportaje explícito de una parte de cuanto he narrado aquí, sesgado e incompleto, obviamente. Porque solo van a contar mis escarceos eróticos, mi doble vida de ministra y mis aventuras sexuales, manchando mi nombre y –lo que más me duele– el de Damián.

Como os decía al comienzo, es posible que haya puesto a prueba vuestro sentido de la moral, cada uno la que tenga. A algunos os parecerá que debo ser escarmentada públicamente. Otros tal vez diréis que no era para tanto. Para otros quizá mi vida íntima sea algo que habéis ido leyendo como una narración erótica, un cúmulo de escenas escabrosas sin mayor fundamento. No creo que sea tan importante la conclusión racional a la que habéis llegado, ya que cada uno tiene amueblado su mundo a su manera, propia e intransferible, y a veces optamos por que las ideas reconforten nuestro ánimo allí donde los sentimientos se hacen difíciles de asimilar. Me interesa que hayáis hecho este viaje conmigo, pues lo que más deseaba era poder compartirlo. Supongo que mi aspiración es saberme uno más de todos vosotros, y que vosotros sepáis de mí. Lo que sí considero esencial es que cada persona pueda hacerse un hueco entre los demás, como pasajera del mismo barco, y que antes que ser juzgada, sea comprendida.

Si he llegado al límite de contar el lado oculto de mi existencia es, entre otras cosas, porque considero que se trata de una forma real de luchar por aquello en lo que creo, de un modo parecido al que Damián eligió para contar su versión de lo justo. Si sus gritos y su pasión me alteraban los nervios cuando lo escuchaba defender sus causas, es ahora cuando mis propias estridencias pienso que adquieren sentido. Mi desmesura estaba ahí, escrita en la propia historia de mi vida, y mi energía se ha vaciado en tromba en estas páginas. También sé que es una cuestión de mágica confianza en la humanidad esperar que mis palabras encuentren un lugar en vuestros corazones.

Quitémonos cualquier vestigio de refajo puritano y démonos una oportunidad de practicar la desnudez. El camino es darnos cuenta de que nuestro alarde de virtud no es sino la mordaza de nuestras necesidades; nuestro alarde de virtud no es sino una prótesis artificial, una herencia que nos ha sido impuesta, a golpe de capón, por un tipo de educación limitador y anacrónico, jamás por la naturaleza. No es el impulso natural del hombre lo que desmanda a la sociedad, sino precisamente lo contrario, esto es, el modo errado e infeliz en que el hombre ha aprendido a contener esos impulsos.

Utilizar la vida sexual para desprestigiar a quien consideramos nuestro enemigo es una profanación, execrable e indigna, de la intimidad. Es ganar la batalla como una rata. El sexo es lo más íntimo, lo más sagrado y milagroso que ocurre entre dos personas. Incluso las hay que no se dan del todo al otro si no es follando. Hay quienes abren su corazón únicamente en la cama, al abrigo de miradas, de normas o de reproches. Es el lugar donde la debilidad del ser humano adquiere sentido y se vuelve grandeza.

Porque la piel es de verdad, no miente. Y tampoco mienten los labios y las manos, o una polla que se hincha o un coño que se moja. La cama es el lugar donde emerge la bestia enamorada que hay en nosotros, donde la imaginación da rienda suelta a sus trazos más sublimes, donde jugamos y reímos y suspiramos y jadeamos con mayor gloria, donde sin sufrimiento y gozando nos desfondamos y sudamos hasta reventar, donde probamos la médula del otro mientras le ofrecemos la nuestra, entre las sábanas. El sexo trae el paraíso a las tierras de los mortales.

TENDER LA MANO

Releo las páginas escritas y aun cuando veo asomar ya la primera luz de la mañana a través de los cristales, no puedo dejar en el tintero un último esfuerzo por ser escuchada y comprendida. Empecé mi historia con Martina la niña, ese ser de plastilina, zarandeado por la prisa, pluma a la deriva del viento. La niña que apaciguaba el terror de los rugidos de la soledad con la desafinada música de la falsificación. La niña que negociaba duramente su supervivencia a partir del ensayo de una mentira que pudiera redimir de algún modo su falta de horizontes afectivos. Y a pesar de lo que pueda parecer, me siento orgullosa de haber salido adelante de este modo. Supongo que uno busca desesperadamente la vía de su salvación. Y cuando digo salvación me refiero con crudeza a la forma de seguir viva. No hay ser más despierto, creativo e inteligente que un niño; y cuando un niño se vuelve idiota o solitario o melancólico o hiperactivo, o un bufón o un mentiroso (o lo que sea), es síntoma inequívoco de que ha visto –después de estudiar compulsivamente el entorno que le ha tocado en suerte– que ese y no otro es el método eficaz para sobrevivir ahí, justo ahí donde su existencia ha de transcurrir sin remedio. Cualquier manera de encarar el problema es tan digna que, a mis ojos, un niño en apariencia idiota se convierte en un héroe de dimensiones prodigiosas tan solo porque gracias a su «idiotez» ha podido aguantar y dar aliento a su existir. Nadie sabe sino él cómo ha luchado por su vida.

Esa soy yo. Martina la superviviente. Con uñas y dientes me he defendido de mi soledad y desamparo, a base de desarrollar mi inteligencia para ser eficaz y útil, a base de aprender a controlar mi orina, a base de besar y besar en busca de un átomo de caricia sincera, a base de entregarme una y otra vez al roce de otras pieles, a base de dar la espalda al sufrimiento de los demás porque me recordaba demasiado el mío propio, a base de enrolarme en barcos que navegaban justamente en dirección contraria a la isla desierta en cuya arena sangraba varado mi corazón moribundo.

Esa soy yo. Y estoy viva gracias a mi fortaleza y a mi deseo, a mi poderosa rabia y a mi búsqueda incansable de la verdad. El proceso ha sido agotador; a veces triste, a veces ciego, tantas veces amargo, desesperanzado; y sin embargo, nunca antes como ahora me he sentido tan dichosa de estar viva.

Viva para contar el significado de un beso de mariposa. Viva para dar algo más que un espectáculo pornográfico. Viva para hablar de los niños; para dar una oportunidad a la niña que nada más nacer se perdió la música del cariño y tuvo que ensayar su propia canción desgarrada y solitaria. Viva para contar mi historia de amor prohibido. Para explicar cómo un hombre me dio la mano en mitad de la soledad del universo.

Viva para dejar de ser una superviviente y comenzar a vivir con honor y amor a mí misma. Viva para tomar decisiones, para encararme con mi propio pasado, para afrontar lo que haya de venir, para apoyar a quien soy por encima de lo que he creído siempre que debía ser. Viva para amar y ser amada. Para dejar que el sentimiento me recoja en la espuma de sus olas. Sin rencor, con pasión, extraordinariamente viva.

Viva para tender mi mano. A Damián, a otros. Pero a Damián ahora. Hoy seré yo quien lo defienda, sin persona interpuesta. Hoy seré yo quien se presente en la sala del juzgado, con mi cartera al hombro. Hoy seré yo quien tome asiento junto al acusado y pida la palabra con el corazón latiendo de emoción bajo la toga. Martina Iranco, abogada.

ÍNDICE